愛の獣は光の海で溺れ死ぬ

金子薫

河出書房新社

目次

愛の獣は光の海で溺れ死ぬ

独白する愛の犠牲獣

I

繰り返し語られる物語があり、その物語によれば、どうやらここは世界の中心に位置しているらしく、私は愚天《ぐてん》と名づけられている。

私の眼球は二つとも刳《く》り貫《ぬ》かれており、瞼《まぶた》はぴったり縫い合わされている。決して光を見ることはない。舌は引き抜かれており、唇には縫合処置が施されている。

繰り返し語られる物語によれば、光と声を奪われていることが愚天の条件であるらしい。条件を満たしているため、私は自分が愚天であり、ここが世界の中心であると判断する。

同じ物語を語り続ける声は、愚天と、愚天を中心とする世界について執拗《しつよう》に語るにも拘《かか》わらず、私に対して、おまえは愚天で、そこは世界の中心だ、とは明言してくれない。

私は何度となく瞼と唇の縫合糸に触れ、光を見ようと心に念じたり、声を振り絞るべく、僅《わず》かに残された舌の根元の筋肉を動かしたりする。だが、確かに光も声も奪われている。私は安堵《あんど》する。私は愚天でここは世界の中心なのだ。

天井の方から聞こえてくる物語は、他ならぬこの私を主役とする物語であり、理由もなしに眼と舌を奪われた訳ではなく、愚天に生まれ変わるため、一種の必然の下にそれらの器官を失ったのだ、と、私は私を納得させる。

必然なら受け入れられる。私は眼と舌を失い、愚天に変身を遂げた。それが強制された変身であっても構わない。私は愚天と化して、世界の中心に安置されたのだ。幾度《いくど》も反復される物語によれば、私は奪われた光と声を、私以外の者に遍《あまね》く行き渡らせているらしい。

時おり声が空間を満たす。断続的に私の物語が語られる。変わらない内容を順序を変えて語ってくれる。稀《まれ》ながら、私と世界に関する新しい知識が示されることもある。声は不意に語りだす。

この世界の中心には正六角柱を成す部屋があり、愚天という聖なる獣がそこに幽閉されている。

愚天について書き記す際には、愚かな天、と漢字で表記するものとする。

正六角柱の部屋に棲《す》む愚天が命を落とすと、新たな愚天が作られる。

世界の中心にいるという事実に愉悦《ゆえつ》を覚える。私は愚天であり、この物語は私のための物語であり、眼と舌を奪われながら耳が残されているのは、この声を味わうために違いない。

愚天は生後間もなく眼を摘出して、舌を除去することで作られる。光と声を失うことの代償として、愚天にはこの世界の中心に神の如《ごと》く居住することが可能となる。

私の頭蓋のなかを満たすのは、舌を欠いた声にはならぬ私の独白と、天から降り注ぐ私について語る声のみであり、私は私が愚天であるよう祈りつつ、私こそ愚天だと信じて生きている。私は愚天であり私だけが愚天なのだ。

愚天から光と声を奪うのは、この世界に暮らす万人が、太陽の下で互いに言葉を交わして生きられるようにするためであり、私たちは、光も声も愚天から借りていることを忘れてはならない。

愚天が命を落とせば、愚天から借りていた光も声も消えてしまい、世界は闇と沈黙に包まれる。私たちの眼球は曇り、光を感知できなくなり、舌は石の如く硬化して言語を操ることも不可能となる。

しかし、衰弱が明らかな場合であっても、愚天の死に備え、事前に次の愚天を用意しておくことは許されない。正六角柱の内部に同時に存在できる頭数は一頭に限定される。

したがって、愚天の絶命を確認したなら、速やかに、新たな愚天を作らなければならない。愚天の不在期間は、即ち、光と声が消滅する時間の持続を意味する。万人が一斉に愚天と同じ状態に陥れば、この世界は崩壊に向かうのみである。

愚天に変容させ得る新生児を、常に確保しておくなどして、愚天の死には、可能な限り迅速に対応できるよう努める必要がある。世界に光を灯《とも》して、賑《にぎ》やかな言葉で彩るには、私たちは、それらを愚天から借りてこなければならない。

物語が響き、部屋を満たす瞬間、私は至福に襲われる。私の存在する意義が矛盾なく語られることで、私は自分の生を実感し、胸に歓喜の炎を宿らせる。

何度も何度も壁に沿って部屋を歩く。視力はなくとも、壁と壁の成す角度から部屋が六角形であることは確認できる。声の語っている通り、部屋は六角柱を成している。厳密に正六角柱であるかは分からないが、眼を刳り貫かれ、舌を引き抜かれ、六角柱に幽閉されているのだから、私が愚天であることは間違いない。

一日に数度、流動食の入っている、飲み口付き容器が投げ込まれる。落下した音を頼りに、私はコンクリートの床に這《は》いつくばり、手探りで中身の詰まった容器を見つけようとする。

飲み口付き容器には大抵、オートミール、ヨーグルト、ゼリーなどが入っている。蜂蜜がそのまま与えられることもある。唇の縫い目に指を突っ込み、僅かな隙間をぐいと広げ、飲み口を咥《くわ》え、音を立てて内容物を吸い上げる。

愚天を生き永らえさせることが世界の安定に直結するため、日頃の食事の栄養価には注意を払うこと。舌を抜き、唇を縫ってあるため、必ず流動食にしなければならない。食べた後の空き容器については、三日に一度の頻度で回収し、室内の衛生管理に努めること。

私は世界の安定のため、丁寧に生かされている。私について語る声、私のための物語は辻褄《つじつま》が合っており、矛盾は見つからない。私は愚天であり、人々に光と声を貸し与えているがゆえに、世界の中心にあるこの部屋で手厚く養われている。

塵《ごみ》の回収も声の語る通りである。そもそも天井がないのか、あるいは窓が設けられているのか、上で物音がしたかと思うと、少し間が空き、床の方でがさがさと容器の持ち上がる音がする。おそらくは棒状の道具を使って、上から塵を回収しているのであろう。

私は愚天だ。仮に愚天でないのならば、私は何者なのか。私は愚天である。愚天でないなら、二つの眼球はなぜ奪われたのか。私の舌を抜く正当な理由はあったのか。

愚天でなければ何かの罰を受けていることになる。罰より先に罪がある筈《はず》だ。だが私は罪を犯していない。つまりこれは罰ではない。私は罪ある者でなく愚天なのだ。

私がこの境遇に置かれ、瞼も唇も固く縫合されているのは、私以外の全人類が光のなかで言葉を話すためなのだ。声よ、声よ、繰り返される物語よ、ここにいる私について語り続けてくれ。

声よ、語り続けてくれ。私の苦しみが必然であること、この責め苦が加虐的な罰などではなく、大いなる善のために遂行されていることを、飽くことなく語り、私の存在を強く確かなものにしてくれ。

私の独白は頭を満たすばかりで、声にはならず、文字にもならない。私が心に紡ぐ言葉は、おまえに、おまえたちに届いているのか。どうか私が愚天であることを承認してくれ。声よ、おまえの語る物語のなかに、たった一言、些《さ》細《さい》な言葉を加えるだけでいい。

この世界の中心には正六角柱を成す部屋があり、愚天という聖なる獣がそこに幽閉されている。

違う。それだけでは足りない。語られている部屋がこの部屋であり、語られている聖なる獣が私であると、なぜ明言してくれないのか。私は自分が愚天だと信じている。心の底から信じようとしている。しかし、信じるだけでは足りない。私は私こそが愚天だという証に飢えている。私は証が欲しくて堪《たま》らない。

愚天は生後間もなく眼を摘出して、舌を除去することで作られる。光と声を失うことの代償として、愚天にはこの世界の中心に神の如く居住することが可能となる。

そこまで言いながら、なぜ私が愚天であると言わないのだ。おまえは愚天で、その部屋は世界の中心だと、はっきり言ってくれるなら、私は確信を得られる。眼も舌も諦められる。私に私を確信させてくれ。私は愚天を疑いたくない。私は愚天であり、この世界に生きる人々は私から奪った光のなかで、私から奪った言葉を話している。

II

栄養ゼリー入りのスパウトパウチを数十個、白いプラスチックの籠に放り込むと、籠を手から提げて鉄骨階段を下り始める。

あらゆる世俗的な枷《かせ》から解放されることと引き換えに、生涯において積み上げてきた一切を失った星川巴は、この仕事に就く以外に選択肢を持たなかった。

職種としてはある種の飼育係と言い得るものだが、当然ながら人に胸を張れる仕事だとは思っていない。他に生計を立てる術《すべ》もなく、この日も鉄骨階段を下っていく。

手摺《てす》りの錆《さ》びた階段を地下三階まで下ると、アクリル硝子《ガラス》張りの床が広がる大広間へと辿《たど》り着く。星川は、氷の上に踏み出す如く透明の床を歩きだした。

アクリル硝子の下には、正六角柱を成す部屋が一面に敷き詰められている。星川がその上を歩く天井のみならず、個々の部屋を仕切る壁にもアクリル硝子が使われており、正六角形の部屋が隙間なく並ぶ光景は、透き通った蜂の巣を思わせる。

部屋を区切る壁は透明であるものの、被監禁者は全員、手術によって眼と舌を奪われているため、互いの姿を見ることはない。彼らは外界の有り様を知らず、誰も彼も、自分だけがこの状況下に置かれている、と思い込むように仕組まれている。

スケートリンクにいるかの如き心持ちで、星川はアクリル硝子の上を歩く。足元を見下ろせば、正六角形の部屋にはベッドとトイレだけがあり、被監禁者は一日の大半を、ベッドに身を横たえ、天井を仰いで過ごしている。アクリル製の天井からは黒い箱型スピーカーが吊《つ》るされており、視覚と発話能力を奪われた男たちは、好むと好まざるとに拘わらず、機械の流す声に耳を傾けるしかない。

通過していく星川の足の裏では、幾台ものスピーカーが同一の物語を同時に語っている。

　愚天は生後間もなく眼を摘出して、舌を除去することで作られる。光と声を失うことの代償として、愚天にはこの世界の中心に神の如く居住することが可能となる。

　愚天から光と声を奪うのは、この世界に暮らす万人が、太陽の下で互いに言葉を交わして生きられるようにするためであり、私たちは、光も声も愚天から借りていることを忘れてはならない。

　諳《そら》んじられるほどに聞き続けてきた物語ではあるが、それでも聞く度に不快を禁じ得ない。耐え難い嘔吐《おうと》感を覚えて星川は立ち止まった。

　この監禁施設も、これらの犠牲者たちも、自分の就いている仕事も、何もかも存在する理由が分からない。仮に何か理由があれども、存在を許される筈がない。

　瞼を縫合された男たちがパイプベッドに仰向けになり、スピーカーの吊り下げられた天井の方を見上げている。被監禁者に物語と舞台設定を刷り込む目的など想像もつかないが、それが邪悪な意図に基づくことは明らかである。

　星川は吐き気を堪《こら》えながら、真下に寝ている老爺《ろうや》の、痛ましい口元の縫い目を凝視していた。

　すべてのスピーカーが、抑揚のない男性の声で語り続けている。

愚天を生き永らえさせることが世界の安定に直結するため、日頃の食事の栄養価には注意を払うこと。舌を抜き、唇を縫ってあるため、必ず流動食にしなければならない。食べた後の空き容器については、三日に一度の頻度で回収し、室内の衛生管理に努めること。

自分の職務を思い出して、星川はその場にしゃがみ込んだ。アクリル硝子の天井に設けられた小窓を、ステンレス製の把手《とって》を摑《つか》んで開くと、便器に落とさないよう注意しつつ、流動食のスパウトパウチを室内に投げ込んだ。

音に反応した老爺が床を這い、食事にありついたことを確かめてから、星川は隣の部屋の真上に移った。先程と同じように小窓を開き、栄養ゼリーのスパウトパウチを落とす。

今度は自分と同年代の、三十代前半と思《おぼ》しき男が暮らす部屋であった。欠ける所のない躰で天井を歩く自分と、眼と舌を奪われた状態で下方に閉じ込められた男を比べ、何が両者の命運を分けたのかと思案を巡らせる。

各部屋に一つ流動食のパウチを落としていると、盤上遊戯をしているように思えてくる。正六角形が並ぶボードの上を進み、それぞれの枡《ます》に食料を投下していく遊びをしているのではないか。

私は邪悪なゲームに巻き込まれている。幸いにも盤の下でなく表面を歩いているが、それは偶然に過ぎず、私の眼球が二つとも抉《えぐ》られ、舌が抜かれていても何ら不思議はなく、すべては賽《さい》の目次第である。私も、自分を愚天と思い込み、その名の通り愚かにも天を仰ぎ、スピーカーの垂れ流す物語と、小窓から投げ込まれる食料を心待ちにして生きていたかも知れない。

手に提げている籠は軽くなりつつあった。蜂の子のように食事を待つ愚天、というよりも、自分が愚天だと信じる被監禁者に、栄養ゼリーを次々与えながら、星川は己に猜疑《さいぎ》と侮蔑の眼を向ける。

私はなぜこの施設から出ていかないのか。給料を貰《もら》っているからか。賃金を手放すのが惜しく、この待遇を失いたくないがため、邪悪な行いだと知りながら働き続けているのか。蜂の子を養う働き蜂にでもなったつもりなのか。

いつになく頭痛と吐き気が強まり、星川は幾つかパウチの残っている籠を下ろし、髪の毛を激しく掻《か》き毟《むし》りだした。耳を塞いでみても、声は足元から聞こえ、同じ一節を脳に染み込ませようとしている。

愚天から光と声を奪うのは、この世界に暮らす万人が、太陽の下で互いに言葉を交わして生きられるようにするためであり、私たちは、光も声も愚天から借りていることを忘れてはならない。

愚天が命を落とせば、愚天から借りていた光も声も消えてしまい、世界は闇と沈黙に包まれる。私たちの眼球は曇り、光を感知できなくなり、舌は石の如く硬化して言語を操ることも不可能となる。

これは何だ。何を意図している。誰が何のためにこれを拵《こしら》えたのか。私は栄養ゼリーをばら撒《ま》くことで、悪しき物語を刷り込む手伝いをしている。

過酷な罰を受けるのに相応《ふさわ》しいのは、足元の愚天ではなく私の方だ。星川は、下方に幽閉されている数十人もの愚天に代わり、自分が裁きを受けねばならぬと結論を下す。

奪われるべきは自分の眼と舌であり、それによって、被監禁者たちが光と言葉を取り戻すのが道理である。アクリル硝子の上に佇《たたず》み、遊戯の行われている盤上に駒として立ちながら、星川は自分の心にも愚天の物語が刻まれていることに安心していた。

愚天を拷問する者ではなく、世界のため、いつでも愚天になれる善き存在でありたい。そう願うことは癒しであり、この上ない救いでもあった。星川は手提げ籠からゼリーのパウチを取り、吸い口のキャップをぱきりと廻《まわ》して開ける。


この世界の中心には正六角柱を成す部屋があり、愚天という聖なる獣がそこに幽閉されている。

愚天は生後間もなく眼を摘出して、舌を除去することで作られる。光と声を失うことの代償として、愚天にはこの世界の中心に神の如く居住することが可能となる。


寝そべり、片方の耳をアクリルに押し当て、語りに聞き入りつつ、星川は、美味しいとは言い難いゼリーを三つも平らげてしまった。

愚天の物語の響きに酔い痴《し》れ、このまま翌朝まで眠り込んでしまいたい。私はもうどこへも行きたくない。この仕事を続けることも辞めることも等しく御免である。

星川は愚天から借りている舌を動かして、すでに聞き飽きた物語を自分の口で語ってみることにした。

「愚天から光と声を奪うのは、この世界に暮らす万人が、太陽の下で互いに言葉を交わして生きられるようにするためであり、私たちは、光も声も愚天から借りていることを忘れてはならない」

覚えている箇所を唱えるや否や悦楽が躰を満たす。彼女は考える。眼を醒《さ》ました時、愚天に生まれ変わっていて、この世界の中心にいると知ったなら、どれほどの恍惚《こうこつ》に燃え上がるだろうか。自ら犠牲になり、光と言葉を惜しみなく人類に贈ったのだと知ったなら、どれほど自分を誇りに思えるだろうか。

下方にいる年若い愚天がパウチの吸い口を咥え、ゼリーを吸い上げる様子を見て、星川も四つ目のパウチを開栓した。

III

声はない。愚天について語る声は聞こえなくなり、私には信念だけが残った。私は愚天だ。天井から降り注ぐ声がなくなろうとも、私は私が愚天であることを疑わない。

この声しか残されていない。天井からの声はなし。頭蓋を埋めていく私の声。肉を欠いた肉声。舌の動きも喉の震えもなく、休みなく言葉を生んでいく。

耳から入ることのない声。息が漏れることのない声。

引き抜かれた舌は今どこにある。これでは口のなかを舐《な》められない。丸めたり捻《ひね》ったりして、舌で舌を舐めることもできない。

私は愚天だ。そうでないなら口の奥からは舌が生えている筈。

私は愚天だ。そうでないならこの縫い目は何。口も瞼も塞がれて。

稀に光が煌《きら》めく。光は網膜を経由せずに頭に届く。眼球を摘出され、瞼を縫合された私に、どこからか鮮烈な光が届く。

昔の光の記憶なのか。生まれてから眼を抉られるまでの、ごく僅かな間に見た光の記憶。

闇のなかで記憶の光に眩《くら》み、私は声なき言葉を紡ぐ。

奪われた光と声。人々に分け与えた光と声。だが他人のことはいい。光も声もなくここにいる私のことが問題なのだ。私は愚天だ。宜《よろ》しい。それでは愚天とは何か。

愚天とは私だ。愚天とはここに存在する私。

答えになっていない。声が必要。私には声が必要。天井から降り注ぐ声はなぜ消えた。愚天について語る声、私を愚天と結びつけ、私に私を受け入れさせる声。

私が語り続けるしかない。この声、肉を欠いた肉声で、沈黙のうちに語り続けるしかない。

突如として閃《ひらめ》く光景がある。私は幼い子供の眼で草地を眺めている。やがて大人の男に手を引かれて歩きだす。そこは一戸建ての庭であり、私は虫を探しているらしい。

この光景は抹消しなくてはならない。私は愚天であり、生後間もなく眼を抉られ、舌を抜かれたのだから、この記憶は存在してはならない。

庭の光景から固有名詞が溢《あふ》れだす。

モンキチョウ、シロテンハナムグリ、セセリチョウ、モンシロチョウ、シオヤアブ、シオカラトンボ、ゴマダラカミキリ、ナミアゲハ、ジャコウアゲハ、センチコガネ、クマゼミ、これらの名は一体どこから。

消さなくてはならない。庭の光景も昆虫の名前も、幼い子供も、その父親と思われる人物も悉《ことごと》く。

生まれて以来、私は愚天なのだ。幼少期などない。産声を上げるなり眼も舌も奪われた。かつて声はそう語っていた。

父の記憶なし。同様に母の記憶なし。

昆虫採集の記憶なし。昆虫の名前、一つも知らず。

しかし、父親と思われる男の大きな掌《てのひら》、日陰に翅《はね》を休める蝶の模様、青く澄み渡る空、芝の上を這う蟻《アリ》、様々な光景が閃く。

これらの光景は嘘偽《うそいつわ》りの架空の記憶。

私は愚天、愛の獣。世界を愛するゆえに光も言葉も失った。だが、二度と頭に浮かぶなと念じれば念じるほど、架空の幼少期はますます色鮮やかに閃く。

私は六角柱の外を知らない。この部屋だけが生きた世界、生きている世界、これからも生きていく世界。何も持たず何も知らず、私は独り闇のなかにいる。

私はキイロスズメバチを知らない。私はニホンミツバチを知らない。私はセイヨウミツバチを知らない。私はクロオオアリもクロクサアリも知らない。

私は愚天だ。愛の獣、愚天とは私だ。

眼はなくとも涙は流れる。眼球の表面を伝うことなく、瞼の裏側から熱い涙が溢れてくる。私は泣く。そうだ私は泣いている。

知っていると白状しなければならない。

蜂は正六角形の巣房を拵える。私は知っている。私には知識がある。正六角形を敷き詰めることで蜂の巣は構成される。庭の光景から無数の固有名詞へ、固有名詞からそれらの昆虫の生態へ、次から次へと記憶が蘇《よみがえ》る。

蜂の巣に似ている。気づいてしまった。

この部屋は蜂の巣に似ているではないか。六角柱の内部に幽閉された私はさながら蜂の子のよう。餌《えさ》の投下を待つ私は、巣のなかの蜂の子にそっくり。

これ以上、思考を進めるべきではない。私が私でなくなってしまう。もしもここが蜂の巣のような空間であるなら、私以外にも沢山の人々が閉じ込められていることになる。

数限りない人々がいると認めるなら、私は世界に一頭きりの愚天ではなくなる。一頭を犠牲とすることで世界が救われるという、あの物語、あの設定も崩れ去る。

複数の監禁を認めれば私は私でなくなる。真実の物語は法螺《ほら》話に変わり、私の痛みは必然性を欠いたものになる。理由もなしに眼球と舌を奪われたなど、到底受け入れられる筈がない。

私は愚天だ。愛の獣、愚天とは私だ。

庭の散策の記憶なし。蜂の生態に関する知識なし。その子供は断じて私ではない。

この部屋は一室のみ存在する。数限りなく存在することはない。この部屋は世界の中心に一室のみ。蜂の巣とは似ても似つかぬ構造で。

私には隣人も同胞もない。先代の愚天の死後に作られた私、私だけが苦悶《くもん》する愚天であり、新しい愚天が生まれてくるのも私の死後。

記憶を消す。知識を消す。私は愚天。神の如く世界の中心に居住する愛の獣、それが私だ。

天使の虫喰う果樹園にて

模造の翼の生えた白装束を纏《まと》う男が、果樹にとっての害虫、愚天蟲《ぐてんちゅう》を味わう様を、榎本晃司は飽きずに観察する。

眼前に立つ天使の男は、真白い甲虫を、ホワイトチョコレートの如《ごと》く美味しそうに齧《かじ》っていた。極度の愉悦《ゆえつ》を感じているらしく、嬉し涙を流しかねない表情を浮かべ、いつまでも咀嚼《そしゃく》し続けている。

天使は群れを成しており、同じコスチュームに身を包んだ者たちが多数、榎本の働く果樹園を徘徊《はいかい》している。ロロクリットの果実に群がる愚天蟲が大量発生したため、支配人が三年前に天使の一団を雇い入れたのだった。

榎本は天使の男から離れ、仕事を再開することにした。枝を鋏《はさみ》で切り落としたり、病害に蝕まれた果実を間引いたりしなければならない。豊作を実現させるため、彼は日々この労働に励んでいる。

子供がクレヨンで描く星のように黄色い、ロロクリットの果実を点検しつつ榎本は考える。制服を着ている自分のような労働者よりも、もはや白装束の天使の方が数で勝っているのではないか。

それだけ愚天蟲が発生し過ぎたということだが、駆除という名目で害虫を摘《つま》み食いする天使たちが、我が物顔に辺りを闊歩《かっぽ》する光景は異様である。どこに視線を向けようとも、天使が歩いていて、手には捕まえた愚天蟲を入れる布袋を提げている。彼ら彼女らは、時おりの摘み食いは別として、基本的に愚天蟲を殺しはせず、砂漠にある集落まで持ち帰っていた。

天使が求めているのは幻覚と酩酊《めいてい》だった。ロロクリットの果実は幻覚作用のあるアルカロイドを含有しているが、それを食べた愚天蟲の躰も毒化を遂げるらしい。天使たちは愚天蟲のもたらす陶酔を神聖視しており、砂漠で奇怪な儀式を行う様子が幾度《いくど》となく目撃されている。

榎本の暮らす街、弄花郷は、砂漠の真っ只中《ただなか》に果樹園を中心として造られた。幻覚剤の原料となる果実の生産を主力産業の一つとしており、言わば麻薬産業を礎とする新興住宅地だった。

ロロクリットの果実は、そのまま生で齧っても、乾燥させてから食べても、精神の昂揚《こうよう》や幻覚症状を堪能《たんのう》できる。さらに、有効成分である化学物質を抽出し、製薬工場で幻覚剤ロロクリの錠剤を製造するなら、果実の状態より遥《はる》かに強力な効果を得られる。

天使たちの生態において興味深いのは、ロロクリットの果実は食べず、錠剤に加工されたロロクリも服用せず、あくまでも純白の躰を有する昆虫、ロロクリットの果実を食べた愚天蟲のみを嗜好《しこう》の対象とする習性である。錠剤とも果実とも異なる、何か独特な作用があるのかも知れない。

榎本が果樹園を歩いていると、ロロクリットの樹々の間から、土に膝をついた二人組の天使の姿が見えた。

未成年と思《おぼ》しき男の天使が叫んだ。

「落ち葉に潜ったぞ！　そこだ、捕まえて！」

男と同じく十代らしき女の天使が、落ち着いた声で言った。

「大丈夫、任せて」

そう言うが早いか、女の天使は愚天蟲を捕らえたようだった。地面に膝立ちのまま、手を上げて獲物を見せつつ彼女は言った。

「捕まえた」

「おお、すごいね」

「見て、これ、脚にあまり毛が生えてないから雌だ。雌なら正直、逃がしちゃう方がいいよね。放っとけば産卵するしさ」

こちらに背を向けているため、女は気づいていなかったが、男の方は接近する榎本と眼を合わせていた。衣装から土を払いながら立つと、男の天使は、故意に榎本にも聞こえるように言った。

「いや、それは駄目だよ。俺たちは駆除のために雇われてる。手を抜いたり逃がしたりしたら、果樹園への出入りも許されなくなるぞ。好きなだけ愚天蟲を食べられる生活を手に入れたんだから、全力で取り組まないと。逃がして産卵を促すなんて以《もっ》ての外だ」

男の発言に違和感を抱いたらしく、女の天使も立って振り返った。榎本の姿を認めて彼女は言った。

「ああ、そういうこと。見られてたんだね。それにしても、演技が下手過ぎる。台本みたいだった」

「確かに建前だけど、でも、まったくの演技って訳じゃないよ。手抜きして解雇されたら意味ないから」

「はいはい、そうね。同感だよ同感。雄でも雌でも駆除しよう。これまで通り、これからもずっと」

そう言うと、女の天使は紐《ひも》を緩めて袋の口を開き、手に握り込んでいた愚天蟲を放り込んだ。

榎本は害意のないことを示すべく言った。

「気にしないでください。密告なんてしません。あなたたちが真面目に働いてることは知ってますし、まあ、近頃の愚天蟲は水みたいに湧いてくるから、何匹か逃がしたところで変わらないでしょう」

数多《あまた》の愚天蟲が犇《ひし》めいているであろう袋を揺すぶり、甲虫と甲虫の殻の擦《こす》れる音を鳴らしてみせ、女の天使は言った。

「さっきは言ってみただけで、本当には逃がさないです。こんなに捕まえてるから信じてください。それに、私、周防隆吉みたいになりたくないので」

「ああなったらお仕舞いだ。さあ、もう行こう。駆除を続けるんだ」

「とにかく、密告はやめてくださいね」

二人組の天使は立ち去った。背中に揺れる翼を眺めながら、榎本は周防隆吉について思いを凝らす。

周防隆吉も元々は天使の一人であり、誰もが働きぶりを高く買っていた。しかし、周防はルールに背いてしまった。所持している愚天蟲の卵を、果樹園に撒《ま》いていると発覚したのである。

天使たちの集落にあるテントのなかで、周防は愚天蟲を飼育し、卵を産むなり果樹園に持ち込み、ロロクリットの果樹の根元に埋め、そうして個体数の増加を企てていたのだった。

捜査の結果、周防が単独で犯行に及んだことが明かされた。天使たちは彼の身柄を引き渡して場を収めることを望んだため、支配人は、周防隆吉を罰するだけで、集団解雇には踏み切らなかった。

現在、周防は、果樹園の正門の外に聳《そび》える鉄柱に鎖で繋《つな》がれており、終わりのない罰を受けていた。見せしめにするべく、支配人は周防の片翼を捥《も》ぎ取った。そして黒いペンキを浴びせて白装束を汚し、誰の眼にも天使に見えない、死にかけの烏《カラス》の如き姿に変身させた。

正門から果樹園に入る際に、否応なく視界に飛び込んでくるがゆえ、周防隆吉の惨状はこの上ない抑止力を発揮するようになった。その有り様に慄然としたのは天使に限らず、一般労働者も同様だった。規則違反や怠慢を見咎められれば、自分も柱に繋がれるのではないかと怯《おび》え、恐怖の念を抱きつつ、榎本も剪定などの業務に当たっていた。

すべて支配人の目論見通りであった。皆が皆、果樹園の仕事を以前にも増して懸命にこなす。天使たちも、依然として摘み食いはするが、業務遂行が不可能になるほど深く陶酔しないよう節度を保っていた。

榎本たち一般労働者のなかには、愚天蟲は当然として、敢《あ》えてロロクリットの実を齧る者はいなかった。魔が差しそうになった時には、苦痛に歪《ゆが》む周防の顔が浮かび、鎖の立てる音が脳裡《のうり》に響き、黄色い果実を前に竦《すく》んでしまうのであった。

右手に持っている剪定鋏を、かちゃかちゃ鳴らしながら、榎本は果樹園の奥へ歩き始めた。周防隆吉のようになってはいけない。就業規則を守り、眼の前の仕事に全神経を集中させ、この果樹園に最上の収穫期を迎えさせること、それこそ自分の使命なのだから。

金曜日の夜更け、パジャマに着替えて歯を磨いていた榎本は、外から窓硝子《ガラス》に張りつく虫を見つけた。すぐに愚天蟲だと分かった。腹まで斑《むら》なく真白い虫など他に知らない。

果樹園の外部で愚天蟲と遭遇するのは初めてだった。弄花郷は果樹園を心臓に据えて構築された住宅地だが、不思議なことに、街を歩いていてこの虫を見たことは一度もなかった。

そもそもの始まりは、どこから飛来してきた虫なのか。果樹園に発生する以前の記録はなく、数年前に新種の昆虫として、あたかも無から生じたかのように、一度に、大量に、愚天蟲は姿を現したのだった。

解錠して窓を開き、榎本は埃《ほこり》の溜《た》まったベランダに素足で出ていく。代わりに食べてくれる天使はおらず、果樹園を守るには自らの手で殺すしかない。

飛び立つ暇《いとま》すら与えなかった。忍び足で背後から近づいて、下方の死角から背中を押さえ、榎本は首尾よく害虫を捕獲した。

六本の脚を動かす愚天蟲を摘み、煤《すす》で汚れた足裏で室内に戻った。ティッシュペーパーに包んで潰してしまう前に、捕らえた愚天蟲を、空っぽのマグカップのなかに落としてみる。

こんなに目立つ白い甲虫が、なぜ近年まで発見されずにいたのか。一体どこに隠れていたのか。黄金虫《コガネムシ》を可能な限り綺麗な円に変形させた上で、ペンキで白一色に塗り直したような見た目をしているが、眼を凝らせば、僅《わず》かながら口吻《こうふん》が伸びており、象虫《ゾウムシ》を思わせる所もある。だが、触覚は髪切虫《カミキリムシ》を思わせるほどに長い。躰には統一性が感じられず、切断した種類の違う虫たちを、接着剤で繋ぎ合わせたかの如く映る。

カップの底を内壁に沿って廻《まわ》る様子を見詰めていた榎本は、机に転がっていた歯ブラシを取り、鉛筆のように握ると、柄の先で愚天蟲を引っ繰り返した。もっと隅々まで観察したかった。裏返しにしても尚、満遍なく白いとは美しい。腹にも脚にも黒点は一つも見られず、標本にして飾りたい位に綺麗だった。表向きに戻ろうとしてカップの底で踠《もが》く姿に見惚《みと》れてしまい、榎本は、防腐処理を施して、このまま標本にするのはどうか、などと思案する。

ロロクリットの果実を食べた純白の愚天蟲から、天使たちはどんな効果を享受しているのか。昆虫の体内に蓄積された毒成分は、彼ら彼女らの心身に如何《いか》なる作用を及ぼすのか。

「そうだ、周防隆吉に」

声に出して呟《つぶや》くと、愚天蟲の入ったマグカップを握り、パジャマ姿にサンダルを突っ掛けて、榎本はアパートから屋外に出た。普段なら眠っている時刻だが、砂を蹴り上げながら砂漠の街を駆けていく。

三階程度のアパートが並ぶ果樹園労働者たちの居住区域は、照明の落ちている部屋が殆《ほとん》どであり、月明かりの下に静まり返っていた。舗装された石畳の歩道を走ったり、サンダルを半ば砂に埋《うず》めて歩いたりしつつ、榎本は勤務先の果樹園、弄花郷の中枢を目指して前進する。

マグカップのなかでは、からからと愚天蟲の転がる音が鳴っていた。楽器のようにカップを揺らしているうち、次第に心地よい気分になってくる。

廃屋と見紛う老朽化した家々の前を通り過ぎ、右折して小道に入った途端、急勾配の下り坂になった。暗闇に眼を凝らして、不揃《ふぞろ》いな石畳に躓《つまず》かぬよう注意しつつ、道なりに下っていけば、間もなく果樹園の正門前に辿《たど》り着ける。

下り坂が終わると同時に石畳の道は途切れて、果樹園を囲う外壁の周囲に広がる、平らで開けた土地へ踏み出した。石造りの正門の前に立つ一本の鉄柱の近くに、鎖で繋がれた黒犬のような周防隆吉の肉体が、左右から街灯に照らされてぼうっと浮かび上がっている。

坐《すわ》っている周防隆吉に近寄り、榎本は声をかけた。

「こんばんは、周防さん」

痩せ細った躰を丸めていた周防は、抱え込んだ両膝の間から頭を擡《もた》げ、首輪の鎖をじゃらりと引き寄せた。支配人の指示によって、仲間の天使も含む労働者たちが次々に浴びせかけたという、黒いペンキにまみれた顔に、二つの眼を見開いて彼は言った。

「誰だ」

「果樹園で働いている榎本といいます。あなたのことは毎日見てますよ」

周防は立ち上がり、腰を捻《ひね》ったり、背骨を反らせたりして、其処《そこ》彼処《かしこ》の関節をぽきぽき鳴らした。それから片方しか残っていない翼を点検する如く眺め、再び坐って胡座《あぐら》をかいた。

「それで、何の用だ。石でもぶつけに来たのか。それとも、こっちの翼も捥いでやりたくなって、こんな遅くに来たのか」

「いいえ、これを食べてほしくて」

周防の傍らに榎本も坐り、カップのなかの愚天蟲を見せた。

「美味しそうでしょう？　あなたに届けに来たんです」

「その辺に置いといてくれ」

期待を裏切られ、榎本はがっかりした。果樹園の飼い犬に餌を遣《や》るために訪れたというのに、周防隆吉の心には意外にも余裕があり、眼と鼻の先に差し出された好物にも、血相を変えて飛びついたりはしなかった。

「食べないんですか？」

「いや、夜が明けたら食べるとも。夜中はな、束の間だが俺が素面《しらふ》でいられる時間なんだ。自分が自分だって感じられるのは今だけだから、愚天蟲は口に入れないようにしてる」

正門前で見せ物にされて、果樹園の皆に飼育されている周防隆吉は、日中には半強制的に愚天蟲を食べさせられていた。それほど好きなら、死ぬまで幻を見ているがいい、とでも言いたいのか、それが、支配人が周防のために考案した罰であった。

愚天蟲と飲み水を除いては何も与えられず、飢えに耐えかね、口に詰められる甲虫を齧っては、深く幻覚に沈んでいき、かっと白眼を剝《む》いて泡を吹き、さらに多くの愚天蟲を貪《むさぼ》る。あんぐり開けた口から、虫の脚を覗《のぞ》かせて哄笑《こうしょう》する姿は、生きながらにして地獄に堕《お》とされたかのようだった。

愚天蟲の這《は》うカップを地面に置き、榎本は落胆を隠して尋ねる。

「ずっと幻のなかにいるって、辛いことですか？」

ペンキと泥で汚れた天使の衣装を纏い、素面と言いながらも眼を爛々《らんらん》と輝かせている周防隆吉は、笑みを浮かべたかと思いきや、抑えようにも抑えられぬ衝動に身を任せるように、首輪に繋がる鎖で地面を打ってから、黒ずんだ片翼を揺すりつつ捲《まく》し立て始めた。

「おまえは何一つ分かってないな。確かに、明晰《めいせき》に意識を保っていられる時間は貴重だが、愚天蟲を拷問みてえに口一杯に詰め込まれてる、昼の時間帯こそ至福なのさ。果樹園で奴隷のように働くおまえには死んでも分からんだろう。朝から晩まで二十四時間、三百六十五日、おまえはおまえでいるのか。ご苦労なこった！　いいか？　愚天蟲を吐くほど口に入れられることは、褒美であって罰ではない。俺は褒美を狙ってわざと規則を破ったんだ。おまえには想像できんかも知れんが、規則を破ることこそが、支配人の思し召しに従うことなのだ。支配人はすべてを計算して天使を雇ったに違いない」

饒舌《じょうぜつ》な語りに当惑しながら榎本は言った。

「計算って？　言ってる意味が分かりませんが」

「この果樹園は細かな点から全体に至るまで、支配人の思惑のままに動いてるってことだ。愚天蟲に依存している俺たち天使を招き入れるってのは、要するに、そういうことだろうが。仕事中に食べ過ぎて使い物にならなくなったり、繁殖を狙って雌だけ食べなかったり、俺みたいな奴が産ませた卵を果樹園に戻したり、裏切りの危険だらけじゃないか。こんな罰を用意してみたところで、果樹園のなかに監視員が常駐している訳でもない。言ってみりゃ、やりたい放題だ。俺のように堂々とやらない限り、悪事は明るみに出る方が珍しいだろ？　つまりだな、愚天蟲を絶滅させたがってるなら、無能でだらしない、どいつもこいつも腑抜《ふぬ》けの快楽主義者ばかりの、天使なんて雇わないのさ」

「果樹園を危機に晒《さら》す害虫を、支配人は意図的に殖やしたがっている、ということですか？　だとしたら、何も分かってないのはあなたの方ですよ、周防さん。そんな自滅じみたこと、支配人が考えるとは到底思えない。理解不能だ。果実を収穫できなくなれば倒産あるのみですから」

周防隆吉は前歯を見せ、不敵に笑いながら言った。

「おい、よく聞け、支配人は、俺が愚天蟲の卵を持ち込んだことに怒ってなんかない。本心ではお喜びになられてる。支配人が果樹園を経営する本当の目的は、より多くの果実を実らせ、より多くの愚天蟲を発生させ、その結果、より多くの天使たちの腹を満たすことなんだ。こうして首輪と鎖で柱に繋がれて、無理矢理愚天蟲を食べさせられている俺の現状は、その理想と完璧に合致している。掃いて捨てるほどいる天使のなかでも、俺が一番のお気に入りだ」

「支配人がそう仰《おつしや》ってたのですか？」

「言ってはいないさ。俺だって顔を合わせて話したことはない。だが、果樹園の矛盾を解きほぐしてみれば、それ以外に結論は出てこないだろ？　ならばそう言ってるも同然だ。支配人の声は聞こえなくとも、答えは自ずと導き出される。支配人は果実を餌に愚天蟲を釣って、それで、集落から天使を誘《おび》き寄せている。天使たちに愚天蟲を食べさせたいがため、果樹園の経営に着手したんだ。突然湧いたのは、支配人が作り出したからかも知れん。いやいや、考え過ぎなんかじゃない。そんなことまで考えられるほど、ここでは万事が支配人の意思を中心に廻ってる」

「でも、それは何のために？　やっぱり、意味が分からない。果実の収穫を二の次にしてまで、天使たちの腹を満たすことの意味は？　それをやって、支配人は得をするんでしょうか」

「おまえは気づいてるのに、気づいてない振りをしてる。支配人が言わずとも答えは導かれる。害虫の駆除なんて、おまえたちのようなごく普通の働き手にやらせればいいじゃないか。天使なんて必要ない。やらせる相手もそうだが、手段だっておかしいだろう。地道に一匹一匹捕まえるだなんて非効率の極みだ。農薬を散布する方が手っ取り早い。なあ、そうだろ？　つまり答えは、支配人は天使たちが陶酔して発狂する姿を見ることを、何よりの愉しみにしてるってことなんだ」

　顔を歪ませて笑う、正気を失って久しい男の展開する持論に、幾らか理性的な側面を認めつつも、榎本は粘り強く疑義を呈する。

「それでは全部が全部、あなたの何の証拠もない空想なのですね？　天使たちが害虫を食べる様子を見て支配人が喜んでるって？　そんなにおかしな話は聞いたこともない。果樹園を経営しているんだから、ロロクリットを多く収穫することが一番嬉しいに決まってる。周防さん、よく分かりました。あなたは罰せられて当然の存在だったんだ」

「だが、そのロロクリットだって、ロロクリという幻覚剤の原料なんだぞ。ここは麻薬農園なんだ。支配人がまともな人間であるものか。もしかしたら彼自身も愚天蟲やらロロクリやら、色々な麻薬を使っているのかも知れんな。自分と同じ陶酔を味わって、同じ精神状態に達する者を求めてるんじゃないのか？　例えばこの俺のように、滅多に幻覚から醒めない者を」

「面白い自惚《うぬぼ》れ方をするのですね」

　当て擦りなど意に介さず、周防隆吉は自信たっぷりに言った。

「何度でも言うが、この状況をよく見れば、眼を逸《そ》らさずに世界を直視すれば、自ずと導かれる真実だからな、これは。強いて言えば俺がその生き証人なのさ。果樹園と弄花郷が存在する意義は、罰せられて喜ぶ俺と、罰して喜ぶ支配人だ。俺と支配人は苦しみのなかで混じり合い、俺の罪と彼の罰は互いを追い廻し、やがて一つの巨大な喜悦に呑《の》まれゆく」

　夜の闇に坐り込み、榎本は眩暈《めまい》を覚えていた。確かに綺麗事やお題目を抜きにすれば、果樹園は単なる麻薬農園であり、これを主力産業としている弄花郷も、凡《およ》そ真っ当な街とは言い難い。

私はこれまで何をしてきたのか。何をして生活の糧を得ていたのか。虚妄の世界を練り歩いて、小石を積み上げるように嘘《うそ》に嘘を塗り重ね、幻の塚を築くことに尽力していたのか。

ロロクリットの果樹園、さらには弄花郷という街の全体が、周防隆吉の言うように、天使たちに毒ある昆虫を食べさせ、集団の精神を狂わせ、それを眺めて愉しむという、ある種の邪悪な目的から構築された空間なのだとしたら、果樹園で働く私、榎本晃司とは誰なのか。

声の震えを抑えるため、深呼吸して榎本は言った。

「周防さん、あなたは反省することです。空想を膨らませて罪から逃げるのではなく、規則違反を悔いてください」

汚れた手で前髪を搔《か》き上げ、周防隆吉はぶっきらぼうに言い放った。

「その愚天蟲はおまえが食べるんだな。むしゃむしゃ食べて、冴えた頭で一から考えなきゃならんのは、俺じゃなくておまえの方だ」

再び金曜の深夜になり、愚天蟲を摂取すべき時が来た。先週末の周防隆吉との対話を経て、榎本は虫の毒を服用すると決めていた。

すでに準備は済んでいた。熱湯に浸けて殺した愚天蟲の腹に穴を空けて、防腐処理のため、アルコール消毒液を流し込み、ベランダの室外機の前で乾燥させてあった。

弄花郷の気候は死骸の乾燥に適していた。榎本は乾燥させた愚天蟲を回収すると、ビニール袋に入れて握り込み、麩菓子《ふがし》の如く砕いていった。そして粉にした昆虫をティーバッグに混入させる。

生食より紅茶にする方がいい。榎本はキッチンに立ち、水道水を溜めた鉄鍋を火にかけた。沸騰した湯に、愚天蟲の粉末と紅茶の葉が入ったティーバッグを浮かべ、中火でじっくり煮詰めていく。

鉄鍋の底が露出する寸前まで煮詰めた昆虫の紅茶を、小さめのコップに注ぎ、榎本は意を決して飲む。舌を痺《しび》れさせる得体の知れない苦味に驚愕《きょうがく》したが、時間を掛けて飲み干して、リビングに敷かれた布団の上に横たわった。

タオルケットを抱き締め、天井の照明を眺め、作用の始まりを待つ。何が起こるか分からない。生で食べない限り、ひょっとすると、催幻覚成分の効果は発揮されないのではないか。若干の不安を覚えつつ、榎本は周防の不可解な言葉の数々を反芻《はんすう》していた。天使たちを昆虫で酔わせることが支配人の真の目的であるなど、そんなことがあり得るのか。

三十分ほど経つと異変が起こった。固く眼を瞑《つむ》っているにも拘《かか》わらず、瞼《まぶた》の裏側には、廻転《かいてん》しながら拡散する彩り豊かな幾何学模様が現れていた。無数の円や多角形から構成されるそれらの模様は、宇宙空間に乱れ咲く凍りついた花のようである。突如重力が強まったようにも感じられ、布団に頬を押しつけて寝そべったまま、榎本は微動だにできなくなった。台所の換気扇の立てる響きが、奇妙に上擦っており、まるで子供の甲高い声の如く聞こえてくる。

私はどこにいる。漸《ようや》くの思いで寝返りを打ち、数年振りかと思うほど久しぶりに、天井の蛍光灯を見詰める。照明カバーの周縁に、極彩色の光彩の輪っかが、幾重にも同心円を成して広がり続けている。榎本は、頬に垂れてくる涎《よだれ》には構わず、ぽかんと口を開いて、色取り取りに天井を染め上げる輪の生長を見守っていた。

胸には歓喜の熱が灯り、昂揚に身悶《みもだ》えしているというのに、掌《てのひら》に異様なまでに汗をかき、左足の脛《すね》を摩《さす》る右足の裏は氷の如く冷えている。

毒物の摂取によって明らかに肉体は悲鳴を上げている。それでも、心は感じたことのない喜びに満たされている。天使たちはこの体験を求めていたのか。口の周りをますます涎で汚しつつ、瞬時に逃れ去ってしまう思考の糸を手放すまいとして、榎本は時間を言葉で埋めようとする。

死も似た体験なのか？　躰は壊滅に向かい、刻一刻その機能を停止させ、細胞の一つ一つが眠りに就いていく最中にも、精神は快楽に燃えているという、そういう死もあるのだろうか。

誰がどこにいるのか。弄花郷の果樹園で働く榎本晃司、それが私だ。果たしてそれは事実なのか。瞼を開く度に色彩も形状も広さも変わっている、この部屋の実在を疑えるなら、私の実在だって同じように疑えるだろう。

私が私を疑うなんて莫迦《ばか》げてる。ほら、いる。今だ、今、ここにいる。ここにいるじゃないか。それなら私とは誰。これだって莫迦な質問だ。この独り言の集積が私。時間のなかに展開される言葉による内省、それが私。いいや、嘘だ。でも、嘘も本当もない。私は何を考えてる？　こんなもの、毒に強いられた戯言《ざれごと》でしかない。私より水準の低下した私ではない私が、混乱した頭で、ノートに落書きするみたいに、ぺちゃくちゃ喋《しゃべ》ってるだけだ。教師の話を聞いてる振りをする子供の落書きなんだ。私は子供の落書きだ。聞かなくていい。絶対に聞くな。たとえ自分の言葉でも聞かなくていい。成分の消化が終われば、私は解放されて榎本晃司に戻る。

本当にそうなのか。誰に何が起こってる？　私は私なのか。私の使う言葉が私なのか。違う。そうじゃない。頭に列を成しているこの言葉も、生まれて以来、他人との関わりのなかで学んだものに過ぎない。

私はいない。だって、いないじゃないか、どこにも。肉の塊が布団に置かれてる。仮にそれが私だとして、それでもそれは私じゃない。ただ言葉が流出して、ぐるりと循環を描いて舞い戻ってくるだけだ、ここから、ここに。私は私を溢《あふ》れさせ、隈なく行き届かせる水路の類いで、河川やダムの仲間で、榎本晃司は存在せず、この名前も他人の吐く言葉。

榎本は自分がいないことを理解し、胸に痛みを感じながらも、安堵《あんど》の水に身を浮かべていた。思いつくままに淹《い》れてみた愚天蟲の紅茶が、ここまで強烈な作用を発揮するとは予想していなかった。

榎本晃司はおらず、生まれたことがなく、したがって死ぬこともない。弄花郷という街も、ロクリットの果樹園も、果実に群がる夥《おびただ》しい数の愚天蟲さえも、真実には存在していない。

そう認識するなり、部屋の四方の壁は紙細工のように折り畳まれ、小気味よい音とともに引き裂かれていき、皺《しわ》くちゃに丸められ、最後には消え失せてしまった。彼は果てなく広がる夜明けの砂漠に立っていた。

周防隆吉の言葉は正しかった。世界は支配人が拵えた我楽多だった。支配人は愚天蟲を食べた天使の面前で、その我楽多を鮮やかに崩壊させ、黒々した欲望を満たしているらしい。

何もないと知ることは、これほどにも嬉しいことなのか。朝日に熱せられた砂を、死者のように冷たい足で踏み、彼は、きらきら眩《まばゆ》い光を放つ、白い砂漠の彼方《かなた》に眼を凝らす。

成るや成らざるや奇天の蜂

I

ずらりと並ぶドアから漏れる声や、廊下の彼方《かなた》から届く声が混じり合って、一つの呻《うめ》き声のように反響していた。扉を薄く開き、廊下の様子を窺《うかが》う人々の顔が見える。幾つもの眼が通り過ぎていく西尾陽介を見張っている。

食事の匂いのしている部屋もあれば、大音量でテレビをつけ放しにしている部屋もある。大麻の香りを嗅いだかと思えば、その隣の部屋からは不快な臭い、おそらくは生塵《なまごみ》の発している臭気が漂ってくる。ひょっとすると室内で人間が死んでいるのかも知れない。

埃《ほこり》っぽい空気の籠《こ》もる廊下を進み、やがて西尾は、突き当たりにある非常用の扉を押し開いた。軋《きし》りを立て、淡い黄色に塗られた鉄の扉が開き、冷たい夜風が勢いよく廊下に吹き込んできた。

夜の闇に浮かび上がるように、螺旋《らせん》状の非常階段が姿を現すと、西尾は恐れを胸に抱いた。外に向けて一歩を踏み出し、螺旋階段を下り始める。螺旋階段は鉄柵に囲われて高層ビルの外に露出しており、全体が錆《さ》びついている上に、手摺《てす》りの外れている箇所まで見られる。

蜂の道化プルチネッラが現れる酒場に行くため、西尾は十四階から九階に行かねばならない。〈奇天座〉は積み木遊びの如《ごと》く、百以上のマンションやビルが結合し、未だ増築の続いている高層建築物の塊であり、階を移動するにはエレベーターに乗る方が遥《はる》かに早い。だがエレベーターの故障、乗り場の混雑、停電の可能性などを考慮し、西尾は日頃から階段を使うようにしていた。

売人プルチネッラも、エレベーターを使って来る者より、命を粗末に扱うかの如く螺旋階段で移動する、自分のような者にこそ、道化服を纏《まと》った姿を見せ、ロロクリを売りたいと思っているのではないか。

雨が降っていた。足を滑らせることのないよう、西尾は一歩ずつ着実に段を踏んで歩く。小雨の音のみならず、上からも下からも靴底の立てる音が聞こえてくる。他の住人も西尾と同じく、何かしらの欲望を満たすため、足を竦《すく》ませながら、ある階から別の階へ移動しているのだった。

夜間の移動に際しては、本当は各々が懐中電灯を持ち歩くべきなのだろう。麻薬やそれに類する快楽を求め、我が身を高層ビルの外部に晒《さら》して歩く〈奇天座〉の住人であるが、転がっている廃棄品に足を取られたり、寄り掛かった鉄柵ごと落下したり、そうして命を落とす者も後を絶たない。

髪や服を雨で濡《ぬ》らしつつ、錆びついた柵に手を滑らせ、西尾は幻覚剤を求めて下り続ける。空腹も感じてはいるが、どうせ金を使うなら、食事を愉《たの》しむよりロロクリの見せる幻に呑《の》まれたい。

しかし仮にプルチネッラが不在であれば、自分はロロクリを入手できない。麻薬の売人は常に中毒者よりも優位に立っており、その上下関係が覆ることはない。西尾はプルチネッラの売り捌《さば》く幻覚剤に依存しているが、売人であるプルチネッラの方は、西尾が死んでしまおうと、また別の中毒者を見つけるか、薬を与えて新しい中毒者を生み出すかすればいい。

それでもロロクリが貰《もら》えるならば、何もかも瑣末《さまつ》な問題である。高さに慄《おのの》きつつも西尾の足取りは速くなる一方だった。プルチネッラを探し出して有り金をロロクリに変えるべく、夜の枯れ野の果て、山々の向こうに煌《きら》めく市街地を時に見遣《みや》り、西尾は螺旋を描いて非常階段を下降していく。


スプレーで薔薇《ばら》の描かれている扉を開き、店内に入ると、常と変わらず〈花畑〉は異形の者たちで賑《にぎ》わっていた。黄色い嘴《くちばし》の生えている南国風の鳥の頭を被《かぶ》った男と、ボール紙と紙粘土などで作られた羽を背中につけた天使の女が、カウンター席に並んで掛けている。

西尾が天使の隣に腰掛けると、満席まで残り一席となった。空席は西尾の右隣に残っているが、言うまでもなく、西尾も他の客たちも、その席には蜂の道化プルチネッラが坐《すわ》ることを望んでいる。

「ビールをください」

西尾の言葉にカウンターの向こうで頷《うなず》くと、五十代だが年齢より若く見える店主の仰木《おおぎ》は、背後の壁に設置された棚からグラスを取り、サーバーの把手《とって》に手を掛けた。ビールを注いで反対側に把手を倒し、白い泡を載せながら彼は言った。

「今夜も普通の服ですね」

自分の着ている白一色のスウェットシャツを見て、西尾は言った。

「動物になることには、やっぱり抵抗がありまして」

仰木は声を落として言った。

「いや、西尾さんはそれでいいのです。ここが開店したばかりの頃は、仮装しているお客さんなんて店内に精々一人か二人でした。十年ほど前にロロクリが流行し始め、それからあれよあれよと、ほら、今じゃこの有り様です」

「そんな時代もあったんですね。仮装していない人が飲みに来ていたとは、なかなか信じられないです。この店では自分以外に見たことがありません。初めて飲みに来た時にはすでにロロクリがありましたから。ところで、プルチネッラが来ていないとは残念です」

グラスを西尾に手渡して仰木は言った。

「ええ、お見えになっておりません」

この酒場〈花畑〉に客足が絶えないのも、稀《まれ》ながらロロクリを売りに来る道化師のお蔭《かげ》であり、店主も、過去を懐かしく回顧しつつも、内心ではプルチネッラの登場を心待ちにしているのだった。ロロクリの使用が爆発的に広まり、所謂《いわゆる》一般の客は殆《ほとん》ど来なくなってしまったが、代わりに多くの常用者が屯《たむろ》するようになり、むしろ売上は増えているらしい。

「これから来ることを祈ります」

そう言って西尾は初めの一口を飲む。忽《たちま》ち緊張は緩み、プルチネッラは必ず来ると楽天的に信じられるようになった。酒を飲みながら、期待を胸に待っていれば、蜂の道化師は花畑に誘い込まれる如く姿を見せ、甘い蜜を分け与える如く幻覚剤を配ってくれる筈《はず》である。

隣にいる天使は柔和な微笑を絶やさず、背中の翼を静かに揺すり、自分自身の役、優しい天使を演じることに努めていた。しかし、手元には剝《む》き出しの錠剤が転がっている。よく見ればロロクリとは異なる薬である。西尾の二つ隣、天使の隣の席では、南国生まれらしき鳥が、緑と赤に塗り分けられた頭部を片手で支え、もう一方の手でグラスを口元に運んでいる。

　酒を飲むためにずらしていた嘴を、ぐにゃりと曲げて元の位置へと戻すと、鳥男は嗄《しゃが》れ声《ごえ》を殊更に作り、誰に言うともなく吐き捨てた。

「プルチネッラが来るかどうか、情報はないのかね。気休めになればガセネタだって歓迎したい位だが」

　鳥は被り物だけでなく躰《からだ》も彩り豊かであった。翼の接合された青いトレーナーに、布団や枕から取り出したであろう無数の羽毛が、色様々に染められた上で接着されている。鳥と天使は比較的しっかりと衣装を整えており、その分、ロロクリの使用歴も他の者より長そうだった。

　二人の背後では三人組の男たちがテーブルを囲んでいた。一人は芋虫、もう一人は蛹《さなぎ》、最後の一人は翅《はね》のある蛾《ガ》のコスチュームを纏っている。相談して衣装を合わせて来店したに違いない。虫たちは三匹とも若々しかった。二十代前半かそこらであろうか。芋虫は黄緑色の寝袋を作り替えた衣装に身を包んでいた。寝袋の丸い穴から顔と縮れた前髪が覗《のぞ》き、胸の辺りには手を出すための小さな穴が空いている。穴から伸びている人間の手の他に、装飾として幾対かの胸肢も生えており、今にも小枝に摑《つか》まり、ばりばりと、青い葉を食い散らかしながら這《は》っていきそうに見える。

　蛹は芋虫の色違いでしかなく、茶色い寝袋から作られた衣装に、肉体をすっぽりと収め、顔と手だけを控え目に露出させていた。両隣に蛾と芋虫がいなければ、それが蛹だとは分からないかも知れない。

三人のなかで唯一、手の込んだ衣装を纏う蛾は、雀蛾《スズメガ》を模倣しているようだった。ハンググライダーの翼のような形の翅を背中につけており、背凭《せもた》れとの間で押し潰してしまわぬよう、背筋をぴんと伸ばして椅子に掛けている。

観察しつつ西尾は考える。三人において主導権を握っているのは、おそらくは蛾の青年であろう。芋虫や蛹の、寝袋を利用した粗雑な衣装とは異なり、蛾のみが丁寧に衣装を用意している。ロロクリに心酔し切っているのは蛾の青年であり、他の二人は彼に調子を合わせているのではないか。

二人の女、天道虫《テントウムシ》と揚羽蝶《アゲハチョウ》が、ベランダへと出られる窓辺に置かれた、四角い木のテーブルを挟んで向き合い、それぞれパイプ椅子に坐っていた。彼女らの足元には、雄の兎《ウサギ》が弛《ゆる》んだ腹を晒して仰向けに寝転がっている。やたらと写実的に作られた黒い兎の被り物を着用しているその男は、虫の女たちから向けられる冷ややかな視線には気づかず、頻繁に白眼を剝き、麻薬の熱に浮かされているのか、いまいち聞き取れぬ言葉を自らと対話するように呟《つぶや》いている。

人の腹を露出させてはいるが、全体として随分精巧に作られている黒兎の衣装と比べると、天道虫と揚羽蝶の衣装は、実際の昆虫よりさらに色彩が派手で、模様にもデフォルメが施されており、ロロクリの効果を増幅させる目的とは別に、洒落《しゃれ》た私服としても使われている如く見えた。

譫言《うわごと》を呟くばかりだった黒兎が、突如、甲高い声で喚《わめ》きだした。

「提案があります！　ここにいる皆でお金を出し合い、プルチネッラ殿に懐中時計を進呈しようじゃありませんか！　ある曜日のある時間になったら、ロロクリを持って花畑に来てくださるよう、時計の贈り物を添えてお願いするのです」

揚羽蝶と天道虫が椅子から立ち上がり、黒兎を跨《また》いでカウンターに近づいてきた。ビニール製の極彩色の翅を揺らして揚羽蝶は言った。

「時計なんか貰うよりも、いつも通り客としてロロクリを買ってくれた方が、ずっと喜ぶんじゃないの？　それより、これ以上待っても来ないなら、あと一杯だけ飲んで帰っちゃおうか」

赤く塗られ、黒点の散らされている大きなプラスチックの半球を、背中におんぶする如く両手で支えつつ、天道虫も言った。

「ロロクリなら部屋に残ってるからね。今日は手に入らなくてもいいか。だけどさ、売りに来たり来なかったり、プルチネッラも適当な商売してるなあ」

仰木に空のグラスを返してから、揚羽蝶が言った。

「さっきと同じの、二つちょうだい。ロックで」

ビールを飲み干して西尾も言った。

「スコッチを水割りでお願いします」

できれば次のスコッチで閉店まで粘りたかった。ロロクリを買うための金を残しておかねばならない。欲しいのは酒でなく幻覚剤である。プルチネッラが来たとして、その時に所持金が尽きていては意味がない。

グラスを受け取り、二匹の虫の女が窓辺の席に戻っていくと、入れ替わりに黒兎が立ち上がり、カウンターに身を乗り出してきた。ポケットから皺《しわ》くちゃになった札を出して、媚《こ》びた笑顔を作り、黒兎は天使に語りかけた。

「聞いてください。これが私の最後の金です。今夜はこれっぽっちしか持ち合わせがございません。美しい天使様、このお札と、そこらに散らばっている錠剤を、どうか交換してくださいませんか？」

アルコールを注文するのかと思いきや、プルチネッラが姿を現さないので、黒兎は天使に麻薬を売るよう持ち掛けたのだった。店主の仰木は、兎の頭を被っている男に苦々しげな表情を見せたが、プルチネッラには許している以上、店内での薬の売買を禁止する訳にはいかない。

カウンターに転がっている錠剤を鷲掴《わしづか》みにすると、黒兎には言葉を返さず、天使は席を立った。ボール紙に紙粘土を接着してある真白い羽を、西尾と鳥男にぶつけないように注意しながら、芋虫、蛹、蛾の三人が囲んでいる、丸いテーブルの方へ歩いていく。

「すでに愉しんでいる兎さんより、三匹で静かにしてるあなたたちにこそ、この薬はあげるべきでしょう。どうぞ、お好きな色を選んでください。お代は頂きませんが、早い者勝ちですよ」

そう言いながら、天使はテーブルに錠剤をぽろぽろ零《こぼ》していく。カウンターに凭れ掛かり、黒兎は着ぐるみから、意気消沈した、青髭《あおひげ》の目立つ顔を覗かせ、その様子を羨ましそうに見ていた。天からの恵みは小動物ではなく、昆虫のもとに降り注いだのだった。西尾も黒兎と一緒にカウンター席から眺める。

天使の施し物に逸早《いちはや》く手を伸ばしたのは、茶色い寝袋と一体化している蛹の青年であった。青年は錠剤を掌《てのひら》に載せて言った。

「天使さん、ありがとうございます！」

テーブルの上で錠剤を選《え》り分けながら、芋虫も言った。

「僕は緑を頂きます。葉っぱが大好物ですから。食べるのも巻いて吸うのもやっぱり緑の葉っぱが一番ですし、錠剤だってそれは変わらない筈です」

自分もお零れに与《あずか》るべきか西尾が迷っていると、天使の空席を挟み、今や隣同士となった鳥男が、転げ落ちる如く椅子から下り、虫たちのテーブルに接近していった。鳥男は蛾の青年の正面の席についた。

丸テーブルに残っていた錠剤を拾い、鳥は蛾に言った。

「この一錠だけ分けてくれませんか?」

薄いプラスチック板を翅にしている蛾は、複眼と触覚をつけてある被り物のなかで笑った。

「一錠と言わず、好きに取っていいです。天使様がくれた薬でも僕は要らないから。だって、これ、ロロクリじゃないでしょう? 僕はロロクリをやるために、おかしな服を着て友達と集まってるんです。知らない薬はやりたくないし、きっとその薬じゃ変身できない。気持ちよく酩酊《めいてい》できたり、多少は自分が誰だか分からなくなったり、その程度の薬なら、他に幾らでもある。でも物凄《ものすご》い暗示が掛かって、躰がむずむずと痒《かゆ》くなり、気づいたら蛾になって飛んでる薬はロロクリだけだ」

ビールで錠剤を飲み下し、グラスを置いてから蛹の青年が言った。

「君はロロクリにこだわり過ぎてやしないか? 僕は正直、薬なら何だって歓迎さ。これも何か知らないけど飲んじゃった」

蛹のグラスからビールを飲み、芋虫も緑の錠剤を腹に収めて言った。

「十中八九、覚醒剤と幻覚剤の混ぜ物ってところじゃないか? 天使さん、これって飲んでも大丈夫ですか? 死んだりしないですよね?」

天使は型通りの微笑《ほほえ》みを浮かべて言った。

「ええ、勿論《もちろん》です。ロロクリのような効果を期待してはいけませんが、その代わり、副作用も依存性もそこまで強くありません。ただし飲む量にはくれぐれも気をつけて遊んでください」

西尾は見逃さなかった。黒兎の男には施し物をせず、無視する如く芋虫たちに薬を振る舞った天使であるが、瞬間、彼女も瞬きを繰り返し、黒兎の如く白眼を剝いたのだった。天使を演じてはいるが、この女も兎と同じ穴の狢《むじな》であり、一皮剝けば重度の中毒者でしかない。錠剤の効果で一時的に気前よくなっているに過ぎず、醒めてから薬代を要求するかも知れない。

芋虫の青年は、黄緑色の寝袋の穴に人間の手を仕舞い、いっそう芋虫らしくなっていた。穴から手を出すと、ジョイントが握られており、火はついていないにも拘《かか》わらず、西尾の席まで大麻の香りが漂ってくる如く感じられた。

気がつけば、西尾の手元のグラスは空になっていた。ロロクリ以外の薬には然《さ》して執着していない筈だが、各種の麻薬をまざまざと見せつけられて、躰は渇きを覚えていたのである。芋虫がジョイントを咥《くわ》えて着火すると、蛹と蛾も一本ずつ貰い、各々火をつけた。三匹の坐る席から煙が昇っていく様が見える。

揚羽蝶と天道虫が席を立ち、窓辺から離れ、煙の匂いを愉しむためか、残っている錠剤を探すためか、昆虫たちのテーブルに寄っていった。鳥男も芋虫から吸いかけの大麻を廻《まわ》してもらい、嘴を横にずらして一服し、興奮を露《あら》わにして叫んだ。

「いやいや、何とも美しい夜じゃないかね！　プルチネッラはいないが、天使さんと芋虫さんたちから素敵な品を貰ってしまった。素晴らしい！　これぞ生きているってことだ！　なあ、違うかね？」

よろめきながらカウンターを離れ、黒兎も鳥の後ろに立って言った。

「奇天座に感謝、そして花畑に感謝ですなあ！　仮にプルチネッラ殿がいなくても、ここは楽園だということです。さあ、さあ、誰かこのお札を薬と取り替えてくださいませ！」

仰木がカウンターから西尾の頭越しに言った。

「お客さん、お願いですから、何かお酒も頼んでください。うちを阿片窟《アヘンくつ》にするのはやめてくれませんか！」

店主の嘆願を聞き、皆がどっと笑った。この哄笑《こうしよう》によって、〈花畑〉は密閉された阿片窟に変わってしまった。アルコールを頼む者はいなくなり、薬物の贈与、交換、売買などが、堰《せき》を切ったように盛んになりそうだった。薬が欲しくて堪《たま》らず、西尾もカウンター席を立った。

だが、彼は皆の群がるテーブルの方に進めなかった。仰木に同情した訳ではない。ジーンズに白いスウェットシャツの西尾は、異形の集まりを正面から見据えた途端、今更ながら混じることを躊躇《ちゆうちよ》したのであった。

乏しい有り金を麻薬に注ぎ込み、すべてを失い、窶《やつ》れ果てていった中毒者の末路がそこにあった。皆、派手な衣装でごまかしてはいるが、手足は枯れ木のようである。黒兎も例外でなく、腹は弛んでいても四肢は子供の如く細い。

揚羽蝶と天道虫と天使、三人の女たちも、化粧で血色よく見せているものの、頬が痩《こ》けてしまっている。鳥男は特に悲惨であり、青いトレーナーの袖には針を打ち込むための穴が空いており、紫に変色した注射痕がちらりと覗いている。

これこそが生である、などとは思いたくなかった。自我を消し去り、異なる存在に生まれ変わると言えば、幾らか聞こえはいいのかも知れないが、それは畢竟《ひっきょう》、自殺の言い換え、パロディに過ぎない。ロロクリに魅了されてはいても、自分は断じて死に魅了されている訳ではないと信じたい。陶酔を求めることが即ち死を望むことになる筈がない。私は私でありながら、この白いシャツを着たまま、不潔極まりない偽物の獣にならなくとも、ロロクリによって昂揚《こうよう》を得られるのだから。

幸せそうに大麻を燻《くゆ》らせつつ、それでも大麻だけでは満足できないらしく、鳥男が言った。

「プルチネッラは来ないのか？　もしやあの男、今夜も来ないつもりかね？　我々がどんな気持ちで、どれだけの希望を胸に花畑に集まっているのか、少しは思い遣りを持って想像してほしいものだ。肉を求める獅子《しし》みたくロロクリに飢えていることが、あの男には分からんのか？」

プルチネッラは現れそうにない。ロロクリが手に入らないならば、部屋に帰るべき頃合いだった。ロロクリに依存しつつも衣装を纏うまでには至らず、中毒者と一緒に遊ぶことのできない西尾は、仰木にビールとスコッチ代を払い、大麻の香りに満ちた酒場を去ることにした。

翌日の昼、最後の一錠となったロロクリをポケットに忍ばせて、西尾は友人である藤堂飛鳥の部屋を訪れていた。西尾の暮らす高層ビルの十一階にあるこの部屋では、ベランダやクローゼットで大麻が栽培されており、藤堂が可愛がっている球体錦蛇《ボールパイソン》も見応えがあった。さらに、リビングの中央には〈奇天座〉の模型が置かれていた。

建築模型の製作を市から委託されて、およそ七年前に、藤堂飛鳥は他の社員数名と〈奇天座〉

に移り住んできたという。迷宮じみた建造物のなかに暮らし、提供された図面を基にして、増築部分については新たに測量を行い、立体模型を作れば、大金が転がり込んでくる。藤堂曰《いわ》く、当初は誰もが旨味《うまみ》のある仕事だと考えていた。

製作中の居住費を免除するのみならず、過酷な環境の埋め合わせとして、従業員の生活費まで市が負担する契約だったが、その額は随分と高く見積もってあった。物価の安い〈奇天座〉に籠もっていれば、模型の報酬とは別に、たっぷりと貯金を作れる位だった。

だが、七年が過ぎた現在、〈奇天座〉にいるのは藤堂一人である。建築士も模型を製作する職人も、麻薬、賭博、売春の横行する〈奇天座〉での暮らしに耐えられなくなったのであった。社員の身の安全を守るために、会社は四年前に市との契約を打ち切ってしまった。

藤堂は出ていかず、好機とばかりに模型の製作会社を辞めて、給付金を受給できるまで貯蓄額を減らし、ありとあらゆる持ち物を処分した。結果、申請は通り、正式に住人として承認された。市からスラムの模型作りを頼まれた者が、国から許可を得てその世界の住人になったのだから、妙と言えば妙である。

彼女は〈奇天座〉での暮らしを気に入ったのだった。如何《いか》なる組織にも所属せず、誰からの指示も受けることなく、起きたい時間に起き、眠りたい時間に眠る。ここは半ば法の外にある空間であり、大麻だって好きなだけ吸える。貧しかろうとも彼女にはそうした生活の方が性に合っていた。

錠剤を砕く西尾には構わずに、藤堂は青緑色のソファに坐り、眼をどろんとさせてジョイントを吸っている。〈奇天座〉に来た当初から、同僚たちに隠れて嗜《たしな》んでいたというが、今の如く暮らし始めてからは、誰憚《はばか》らず吸うに留《とど》まらず、自ら栽培するほど大麻に夢中になっていた。

西尾は藤堂の様子を眺めつつ、スプーンの背中でロロクリを潰し、ごりごり砕いていく。やがて錠剤が白い粉末と化すと、鎮静剤のシロップを入れてあるグラスに注ぎ込んだ。

マドラーで掻《か》き混ぜて、グラスのなかに渦を作り、紫の甘いシロップにロロクリを溶かし切る。ウォッカなどの酒も加えるべきか迷ったが、今回の服用で手持ちの分は尽きるため、純粋に、ロロクリと鎮静剤の効果だけを愉しみたいと考え、テーブルに並んでいる酒瓶には手を伸ばさなかった。

藤堂はソファに深く坐って、煙を燻らせ続けていた。西尾は、藤堂にもロロクリを振る舞いたかったが、彼女は大麻の信奉者であり、ロロクリに限らず幻覚剤には興味を示さないのだった。

窓から昼の光が差し込んでおり、陽光は〈奇天座〉の模型にも当たっていた。その情景を見ていると、西尾は不思議な気分になってくる。作りかけで放棄された模型の内部でも、小指の爪ほどの大きさの自分が、ロロクリをシロップに溶かしている如く感じられる。

ソファから立ち上がった藤堂が、模型に近づいて、口に溜《た》めていた大麻の煙を吹きかけた。吐き出された煙は雲のように、聳《そび》える〈奇天座〉の周囲に漂った。それから彼女は、脱ぎ放しになっている灰色のパーカーを蹴り上げ、宙に浮かせて摑み取り、ベージュの肌着に重ねて着た。

藤堂は食卓の上の灰皿でジョイントの火を揉《も》み消した。透き通る青色の硝子《ガラス》パイプと、自家製の大麻樹脂を入れてあるアルミケースを、それぞれジーンズのポケットに押し込んで、髪ゴムで後ろ髪を結わえだした。

球体錦蛇のケージを覗きつつ彼女は言った。

「部屋にある大麻、好きに吸っていいからね」

「出かけるの？」

「うん。鼠《ネズミ》を切らしちゃった」

西尾も椅子から立って藤堂の隣に並んだ。硝子の水槽を見下ろすと、錦蛇《ニシキヘビ》は流木の下に身を潜めていた。今日も鼠を解凍して与えるつもりなのだろう。蛇が二十日鼠《ハツカネズミ》を丸呑みにする光景は何度見ても生々しく、西尾は慣れることができなかった。

スプレーボトルを取って、藤堂は金網の蓋の上から霧吹きを始めた。湿度を高めに保っておかないと脱皮不全を起こしたり、呼吸器疾患に罹ったりするらしい。

霧吹きを終えてボトルを置き、彼女は言った。

「それじゃ、爬虫類屋《はちゅうるい》に行ってくる。幻覚を見て暴れたり、まあ、さすがにないとは思うけど、ベランダから飛んだりしないでね。あと、水槽から出して蛇を放し飼いにするのもやめて」

「暴れないし蛇にも触らないから安心して」

西尾は藤堂を玄関まで見送りに行った。素足にサンダルを引っ掛け、藤堂が部屋を出ると、西尾は鍵を掛けて、ロロクリを使うべくリビングに戻った。

長いこと建築模型の前に坐り込み、錠剤が胃袋や小腸で溶け、血流に乗って躰中を巡りだす時を待っていたが、漸《よう》く視覚に変化が生じてきた。模型は眼の前で見る見る膨れ上がり、ビルの群れは光を求める如く上へ伸びていった。ジオラマは〈奇天座〉そのものとなり、眺める者を客人として招き入れる準備を整えてくれた。

西尾は窓の一つに焦点を合わせて、じっと睨《にら》み、窓硝子を模して嵌《は》め込まれている小さなアクリル板を通り抜け、ミニチュアのカーテンを捲《まく》り、ゆっくり模型のなかへ入っていった。虚《うつ》ろになった躰を抜け殻の如く藤堂の部屋に残し、眼球なき眼差しと化した彼は、胸を高鳴らせ、早速模型のなかのリビングを歩きだした。

この部屋は本物そっくりに作られた偽の世界に過ぎないと知ってはいるが、誰もが知り得る明白な事実など無価値だった。模型に入るや否《いな》や心は昂《たかぶ》り、安堵《あんど》と呼ぶには熱を帯び過ぎている、強い歓喜によって胸は満たされていった。

今いるこの場所こそ、自分の居場所なのだと思えてならない。ありふれた部屋ではなく、ありふれた部屋の模型のなか、凡庸で新味に欠ける現実ではなく、そのような凡庸な現実の複製のなかにこそ私の生きるべき世界は存在する。日常を生きる実感を感じさせつつも、それでいてどこか非現実の香りのするこの空間は、なぜこんなにも私を悦《よろこ》ばせるのか。

熱狂と安らぎを胸に抱きつつ、西尾は部屋を見渡した。壁際には本棚があり、机もあり、近づいて見れば、木製の机の上には、飲みかけの珈琲《コーヒー》カップや秒針の停止した腕時計、歯ブラシなどが雑然と置かれている。

リビングを横切って窓辺まで行き、西尾はレースのカーテンを開き、ベランダへと出ていった。一面に広がっている青空を見て彼は笑いだした。

さすがの藤堂も天の模型など作っていない。ここに空はあってはならない。頭上に青空があるということは、自分は今、現実の〈奇天座〉に変容した模型と、模型とは関係のない完全な幻覚を、重ね合わせる如く眺めているに違いない。

ベランダの手摺りを握って、西尾は地面の方を覗き下ろした。自分の暮らしている十四階から見える眺めと比べると、僅《わず》かに低い階層にいる如く思えた。藤堂の部屋と同じ、十一階ほどの高さにある部屋なのかも知れない。

下方には、軒を連ねている露店の屋根が幾つも見えた。一階まで下りて外に出て、精肉店に立ち寄れば、天井から吊《つ》るされた鶏肉の周囲を、無数の蝿《ハエ》が飛び交っている様子まで見られるのではないか。

百歩譲って藤堂が、露店で売っている生肉のレプリカを拵《こしら》えていたとしても、肉に群がる蝿まで模型内に用意している筈はない。しかし、西尾には蝿が飛んでいる如く思えてならず、そんな自分が何より妙で笑えるのであった。

部屋を出るなり藤堂は物乞いの老婆と遭遇した。老婆の姿を見て、物乞いを演じているのではないかと疑ってしまったが、どうもそうではなさそうである。唐草模様の甚平を羽織った老婆は黄色い爪を伸び放題にしており、前歯が一本抜け落ちている。

ここで暮らしていると、生きているようで生きてはいない、衣装を纏って役として存在している者と、生身で現実に生きている者が、識別できなくなってくる。仮装の愛好家が多い所為《せい》で、そうでない人々まで演技をしている如く映る。

藤堂はジーンズのポケットに手を滑り込ませ、アルミ製のケースを取った。銀色の蓋を滑らせ、形も色味も麩菓子《ふがし》、あるいはチョコレートのような大麻樹脂を出すと、欠けらを千切って老婆の掌に置いた。金が欲しいのかも知れないが、それならこれは誰かに売り払ってくれて構わない。

残りを収めたケースをポケットに戻して、藤堂は目的地へと歩きだした。薄汚れた肌着のみ纏った子供たちが、幾人も幾人も追いかけっこをしており、廊下の奥に姿を見せたり消したりしている。

藤堂の眼には無邪気に遊ぶ子供さえ、カメラを意識している子役に見えてならなかった。子供を追うようにして歩き、彼女は階段に辿《たど》り着いた。

踊り場で、将棋に興じる二人の老爺《ろうや》と眼が合った。二人は藤堂を見上げていたが、再び盤面を注視し始めた。盤の周りには小銭や札が散らばっており、賭け将棋をしているようだった。子供は階段を駆け上がっていったらしく、鸚哥《インコ》が真似しているかの如き、鋭く硬い声が上から聞こえてくる。

床に坐り込んで将棋を指す、二人の老爺を避けて階段を下り始める。一段飛ばしで下りていくと、途中で壁の色が変わった。つるつるした白い壁からざらついた水色の珪藻土《けいそうど》の壁に一変し、同時に手摺りの作りまで別物になった。鋭角的な鉄の手摺りが丸みを帯びた木製の手摺りへと変化している。

無計画な増築の証拠である、不自然な継ぎ目の部分を見ていると、藤堂は苦々しく思ってしまう。こんな建造物の構造を把握しようとした市は阿呆《あほう》であった。期限内に模型を完成させられると判断し、仕事を引き受けた会社も阿呆であった。私はもはや私の生きる世界を把握したいとは思わない。

蛇の餌を買う前に自分の腹を満たしたくなり、爬虫類屋のある十五階に上るのではなく、二階へと下りてきた。材料を搬入し易くするためか、食事処は一階から二階に集中している。

廊下に踏み出すと油の匂いや漂白剤の刺激臭が鼻腔を刺激した。歩き始めた廊下は〈黄金郷通り〉と呼ばれており、部屋の大半が飲食店を営んでいる区域である。どの店も扉を開け放しにしており、外に向かって開かれた扉の列が、廊下の端から端までずらりと並んでいる。

通り過ぎようとした際に店から客が飛び出してきた。危うく衝突しそうになったが、藤堂は身を翻して避けた。猿の仮面をつけた客は謝りもせず、足早に走り去っていった。馴染《なじ》みの定食屋に行くつもりだったが、反射的に藤堂は猿の出てきた店に入ってしまった。

カウンター席だけが設《しつら》えられた手狭なラーメン屋であった。客は自分の他に一人もいない。五十代位に見える店主の男と眼が合って、どうにも出られなくなり、藤堂は席に着いた。

彼女はメニューを一通り読んで言った。

「豚骨ラーメンをください。麺は固めで」

「承知しました」

店主がサーバーから水をコップに注ぎ始めると、腰を浮かせてズボンのポケットを探り、藤堂は硝子のパイプとアルミケースを出した。吸引の準備に取り掛かる前に、店主に尋ねる。

「大麻、駄目かしら？」

水を汲《く》んだコップを藤堂に渡し、店主は言った。

「やめておいた方がいい。知っているだろうが、二階なら警察も来る。うちにだって食べに来る。ラーメン屋で捕まるなんて、詰まらない話じゃないか」

「それもそうですねえ」

藤堂がケースの蓋を閉めると、店主はこくりと頷《うなず》いた。食卓の上で青色のパイプを廻転《かいてん》させながら、藤堂は言った。

「でも、その人たち、本物の警察なの？　警察を演じて遊んでるだけなんじゃない。さっきのお猿さんみたいに演技をしてるのかも」

腕捲りをして鍋の前に立ち、店主は苦笑いを浮かべた。

「いや、まあその通り。まったくだ。ここじゃ誰が誰だか分からないからな。警察は警察を演じている泥棒なのかも知れないし、泥棒は泥棒ごっこをしてる警察なのかも知れない」

スープの匂いが立ち籠めてきた。藤堂は、パイプを握る手をパーカーのポケットに入れ、力を込めて腹を摩《さす》る。待ち切れないほど空腹であった。丸椅子を左右に廻し、調理の様子や内装を眺めつつ言った。

「美味しそうですね」

小気味よく音を立て、麺の湯切りをしつつ、店主は言った。

「すぐに出来上がるからお待ちを。それと、繰り返しになるが用心してくれ。大麻は二階には持ってこないことだ。近頃は本当に警察が来るから、油断してると大麻でもしょっぴかれるぞ」

「捕まるなんて想像できないけど、何かあったの？」

「ロロクリだよ、プルチネッラの」

「ああ、あれを捜してるのね」

「そうさ。聞き込みだって、どいつもこいつもロロクリのことばかり聞いてくるよ。この店に濫用者は来るか、だとか、衣装を着てる客の割合はどの位なのか、だとか、過去にロロクリをやったことはあるか、だとか、何から何まで細かくね。奴ら必死に取り締まろうとしてる。それだけやってる連中が多いんだ」

「あのお猿さんもやってたのかな」

「普段は知らないが、少なくとも彼は、ラーメンを食べている時にはやってなかっただろうな。ロロクリを使って変装する連中は、幻から醒めるまで滅多に面を外したりしない。あのお客さんは食事中、猿の仮面を外してたから、きっとロロクリは使っていなかった筈さ」

「あなたは使ったことある？」

「おいおい、警察みたいな質問だなあ。俺は薬なんてやらないよ」

「私は大麻が好きだけれど、幻覚剤は好きじゃない。今ここで寛ぐのが好きだから、別のいつか、別のどこか、違う世界にまで逃げていきたいとは思わない」

「へえ、そうかい。俺からすれば、大麻だって似たようなものだと思うがね。まあ、好みの問題か。皆好きなことをすればいいんだ。さて、お待ち遠様。豚骨ラーメンの麺固めだよ。冷めないうちにお召し上がりを」

大麻の効果もあって腹が鳴りだす寸前であった。掌に熱を感じながら、藤堂は丼を受け取った。錦蛇を飼い、大麻を吸い、時たまラーメンを食べる。生きるとは決して悪いことではない。陳腐と言い得る能天気な考えではあるが、湯気の昇るラーメンを前にすると、そう思わずにいられなかった。

西尾は廊下を歩いていた。ひたすら歩いているだけであり、興味を惹《ひ》かれる人物と出会うこともなければ、新奇な出来事に巻き込まれることもない。左右の足を交互に踏み出して、前へ前へ一歩ずつ進むのみだった。

真白いスウェットシャツ、ジーンズ、黒いスニーカーを着用している、殆ど現実と相違のない恰好《かっこう》をしている自分が、獣には変身せず、現実そっくりの世界を散歩している。そのことが途方もなく快い。

私は西尾陽介であって鳥でも魚でもない。空を飛んでいる訳ではない。水のなかを泳いでいる訳でもない。しかしそれでいて、現実にも束縛されていない。私が歩いているのは〈奇天座〉でなく、もはや見分けがつかない位に〈奇天座〉と似通っている空間なのだ。

ふと思い立ち、彼は廊下に寝そべった。満面の笑みで俯《うつぶ》せになり、コンクリートの手触りを愉しむ。思えばここには誰の眼もない。私の二つの眼球以外には一つの眼もありはしない。口と舌だってそうだ。自分が言葉を発さなければ誰かの言葉や呻きが耳に入ることもない。

西尾は何度も寝返りを打ち、廊下の床をごろごろ転がった。ああ、どうしてこうも気持ちがいいのだろう。扉はすべて閉まっており、西尾がノブを捻《ひね》らない限り、どの扉も開きはせず、他の住人が出てくる可能性だってない。

這いずり廻りながら床を舐《な》めてもよかった。ここには吸い殻も埃も落ちていない。コンクリートのように見えようと、実際には薄っぺらいプラスチックの板で作られた偽の廊下であり、誰の足にも踏まれておらず極めて清潔に保たれている。

立ち上がると、再び歩きだす前に後方を振り返った。やはり住人の姿はない。誰の声も反響していない。〈奇天座〉と寸分違《たが》わないにも拘わらず、人間も動物も絶滅した後の世界に、私は独り静かに暮らしているのだ。そんなことを空想した途端、西尾の胸は熱を帯び、さらに強烈な昂揚感に包まれていった。

ラーメンを食べ終え、二階から十五階へエレベーターで昇り、〈古めかしい橋〉と呼ばれる区域を訪れた。ビル群に架かっている橋の一つであり、ここには愛玩動物を売る店が犇《ひし》めいている。

藤堂は〈古めかしい橋〉の真ん中を歩き、両脇に並ぶ数々の露店を眺める。子猿を閉じ込めてある籠の横に、大土蜘蛛《オオツチグモ》が一匹ずつ収まった透明な容器が積み上げられている。

猿と蜘蛛を売っている店の隣に、魚類を専門としている店があった。水槽を見ると斑《まだ》ら模様の大きな鯰《ナマズ》が沈んでいた。苔《こけ》の生えている水槽の底で、鯰は口をぱくぱくと動かしており、今にも何事か語り始めそうだった。

ペット用の鼠を売る店もあるが、生きた鼠を愛《め》でるつもりはなかった。必要なのは冷凍された鼠であり、解凍してから錦蛇に与えねばならない。鳥の鳴き声に追われるように、藤堂は〈古めかしい橋〉を渡っていく。

鉄橋の上は電源ケーブルに埋め尽くされていた。足を引っ掛けて転倒しないよう、注意しなければいけなかった。電気は露店の照明や飼育器具に使われている。複雑に絡み合うケーブルを踏んで歩き、藤堂は露店を覗く客を観察する。

家族連れも来ているが、一際目立つのは仮装をしたロロクリの常用者たちだった。犬の頭部を被った女が犬の檻《おり》を覗き込んでいる。自分も犬だと思い込んでいるのかも知れない。

爬虫類を売る店に向かって進んでいくと、ラバー製と思われるコスチュームに身を包んだ蜥蜴《トカゲ》男が、前からのそのそと歩いてきた。男の顔はイグアナを思わせる蜥蜴の口に呑まれていた。被り物の口には鋭い歯が生え揃《そろ》っており、男は衣装に捕食されている最中である如く見える。すれ違いざまに藤堂は声をかけた。

「お目当ての生き物は何ですか？」

急に質問されて当惑したようだったが、蜥蜴男は被り物のなかで笑みを浮かべた。藤堂も笑って会釈を返した。この男は自分より幾らか年上、三十代の半ば位であろうか。

蜥蜴男は尻尾を躰の前に抱え、通行人に道を譲りながら言った。

「蜥蜴を見に来たんだ。毎日の習慣みたいなものでね」

硝子の眼球が宝石のように輝く精緻な作りの頭部と、太い尻尾が生えているだけで一つの鱗《うろこ》も描かれていない、つるつるとしていかにも安っぽく見える躰は、まったく調和していなかった。

小鳥を売る店の前で蜥蜴男と向かい合い、藤堂は言った。

「私も爬虫類屋に用があります。飼ってる蛇の餌が欲しくて。あなたは蜥蜴を飼っていないの？」

「俺は蜥蜴になりたいんだ。仮装が専門で飼育には関心がない」

「飼えば毎日見られるのに。仮装をするってことは、やっぱりロロクリをやってるのかしら」

男は眼を見開いて、被っている蜥蜴にも劣らない眼光を見せた。それから少し間を置いて言った。

「あんたはどうなんだよ」

藤堂は首を横に振った。

「マリファナだけ」

「勿体《もったい》ないね。ロロクリをやって、蛇が好きなら自分で蛇になればいいのに。よし、取って置きの情報を教えてやろう。来月の、第三週の月曜にプルチネッラが現れる。嘘《うそ》じゃないさ。Sタワーの六階にある溜まり場に来るといい。俺たちはいつもそこでロロクリをやってるんだが、その夜はプルチネッラが直接売りに来る」

そんなに簡単に会える人物なのか、という疑いはありつつも、プルチネッラの名を聞くと興味が湧いてきた。出処不明の幻覚剤を、おそらく単独で売り歩き、警察から追われている道化と、一度会ってみるのも面白いかも知れない。連れていけば西尾も喜ぶに決まっている。

「ロロクリをやりたいとは思わないけど、プルチネッラには会ってみたいかも。一人友達を呼んでもいい？　その人、ロロクリばかりやってて、プルチネッラとも何度も会ってるんだって」

「構わない。ただ、プルチネッラの持ってくるロロクリにも限りがあるし、あくまで秘密の部屋だから、その人以外には内緒にしてほしい。あんたの場合は特別だ。蛇と大麻が好きってのは気に入ったよ。ロロクリも試してみるといい」

「結構です。でも、分かった。口外しないって約束する。まあ、私は別にロロクリに興味ないから、秘密とかどうだっていいけれどね。ところで、Sタワーなんて幾つもあるんじゃない？　皆勝手にアルファベットや数字を振ってるから、どれがどれだか分かんない。どの建物のことを言ってるの？」

蜥蜴男は振り返り、爬虫類屋を指差して言った。

「それなら、あのショップの前で待ち合わせをしよう。いいか、来月三週目の月曜、夜九時にその友達と来てくれ。俺が案内する方が早いし確実だ」

招待に感謝しながら、藤堂は試すようにして尋ねた。

「ねえ、私が警察だったらどうするつもり？」
人間の歯を見せて笑い、蜥蜴男は言った。
「あんた、どう見たって警察とは思えないよ。着ている服にまでマリファナの匂いが染みついてる。俺たちの同類に違いないさ」

模型の内部は暗く、夕方を経ずに夜になっていた。西尾は建物の外を歩き、中庭に辿り着いた。無論、彼は承知している。自分がいるのはあくまで模型のなかであり、外のように見えても外ではなく、夜の闇は夜の闇であるとは限らず、中庭に位置する広場もまた藤堂の拵えたミニチュアに過ぎない。

入り口に立ち、錆びついた滑り台や、驢馬《ロバ》と駱駝《ラクダ》の遊具を眺める。滑り台の黄色い手摺りには無数の薄汚れた衣服が掛かっている。スニーカーの底で砂を擦りながら、西尾は広場のなかへ入り、深呼吸して模造の夜の外気を味わった。

砂場の手前まで行くと、彼は二頭の草食獣、二瘤《ふたこぶ》駱駝と驢馬の間に坐った。左手で驢馬の耳を握り、右手で駱駝の瘤の起伏を撫《な》で、遊具が本物の獣にはならず、永久に不動であり、表面がひんやり冷たいことを確かめて心から安堵する。

砂利から腰を上げて立ち、西尾は二瘤駱駝の瘤と瘤の合間に跨った。自分は藤堂の部屋で〈奇天座〉の模型を外から眺めている。しかし、躰は明らかに模型内にあり、ミニチュアの広場に設置された、おそらくは親指の爪ほどの大きさの、駱駝の遊具に跨っている。

尻の下の駱駝は滑らかな躰を持っていた。一本の毛も生えておらず、一種抽象的な形態で凝固している。濃淡のない橙《だいだい》色で塗り上げられており、脚を折り曲げ、べったり腹を地面につけ、表情の乏しい顔つきで、隣の水色の驢馬と同じく、広場の入り口を見つめている。

二瘤駱駝の上で、西尾の躰はますます熱を帯びつつあった。今、自分は望み通りの世界にいる。駱駝を模した象形遊具の、そのまた模造品、模造動物の模造品の背中に坐っているのだ。

駱駝が命を得て動き出すことはない。静寂と死が周りを満たしている。動くものは視界に一つも見当たらず、生あるものは自分のみであり、物音も人声も聞こえない。駱駝の背中に立ち、二つの瘤に左右の足を置き、西尾は辺りを眺め渡した。

すると立ちくらみを起こしたのか、視界が揺らいで波打ったかと思いきや、周囲の景色が一挙に様変わりを遂げた。滑り台も広場を囲う鉄柵も材質が変化して、錆びやメッキ剝がれの質感は消えてしまい、プラスチックや発泡スチロールから作られていると一見して分かるようになった。

前触れもなくロロクリの作用は切れ、西尾は藤堂の部屋にいた。窓の外は明るく、夜は訪れていなかった。前日の摂取によって耐性がついていたのか、効果はそれほど持続しなかったらしい。

ミニチュアの滑り台の階段の手摺りに、小さな洗濯物、几帳面に皺まで再現されている衣類やタオルが掛かっている様子を見て、西尾は表情を綻ばせた。眼を凝らして観察すれば、濡れている洗濯物と乾いている洗濯物の違いすら見て取れる。これでは現実と識別できなくなるのも無理はない。

〈奇天座〉の模型の前に坐り込み、ビルとビルの隙間から広場を凝視し続けていた所為で、両眼を瞑《つむ》ると僅かに涙が零れてきた。背中や尾骶骨《びていこつ》の辺りも痛くて仕方ない。まだ夕方でさえなかったが、藤堂の戻りは待たずに、西尾は自室へ帰って眠ることにした。

冷凍された二十日鼠を買い、部屋まで戻ってきた藤堂は、扉の鍵が掛かっていないことから、西尾が失踪したのだと悟った。頻繁に起こる事態だとは言え、玄関の鍵を開け放しにされては困ってしまう。

扉を開けて部屋に入り、冷凍鼠の紙袋を食卓に置き、灰皿からジョイントを取って火をつける。一服すると、買ってきた十四匹の鼠のうち九匹を冷凍庫に仕舞い、一匹をファスナー付きポリ袋に入れ、藤堂は解凍作業に取り掛かった。プラスチック容器に湯を溜めて、鼠の入ったポリ袋を浮かべる。鼠は安らかな表情とは対照的に、四肢を縮めて硬直しており、あたかも半死半生である如く映った。

台所を離れてケージを覗きに行ったが、蛇はいなかった。藤堂は蓋を外し、流木を出してから、ケージの底に敷いてある布切れを捲った。

隠れていた球体錦蛇が姿を現した。発見されるや否や、首をS字状に曲げ、怯《おび》えた様子を見せた。大人しい蛇である。その名の通り、躰を丸めてしまい、防御の姿勢をとっている。

視界の外から手を近づけていき、藤堂は蛇をそっと摑んだ。蛇の方は少しも望んでいないであろうが、滑らかな躰に触れてみたくなった。掌全体で掬《すく》い上げ、接触面を広くして安心させようとする。

鼠を解凍している時には、本来、蛇に触るべきではない。鼠の匂いに興奮し、餌と間違えて噛《か》みついてくる虞《おそれ》がある。しかし今は大麻の煙が部屋に満ちており、藤堂の手にも匂いがついている。ポリ袋に入っていることも幸いして、蛇は鼠を察知できていないようだった。

舌をちろちろ出して周囲の状況を探りながら、蛇はパーカーの袖口に入ろうとしていた。手首に何重にも巻きつく力強さに藤堂は成長を実感する。全身が筋肉であるに違いない。黄褐色と黒から構成される紋様をうねらせ、木登りでもする如く、藤堂の腕に巻きつき、蛇はするすると移動を続けていた。左腕に錦蛇を巻いた状態で、藤堂は椅子に腰を掛ける。

咥えていたジョイントの灰を落として、深く煙を吸い、しばらく息を止めてから、蛇の反対側に吐き出した。眼を瞑りつつ、繰り返し咳《せ》き込み、躰から力が抜けていく感覚を愉しむ。平衡感覚が失われ、まるで重力が変化したかのようである。藤堂は、自分の吐く大麻の煙が固まって白い鼠の躰を成し、左腕に巻きついている蛇によって捕食される様を思い描く。

うつらうつらしながら、躰は椅子に沈んでいく。効きは素晴らしく、左腕と錦蛇が溶け合っている如く感じられた。栽培にも熟達しており、藤堂は自我自賛ながら自ら育てた大麻の品質を誇らしく思った。

彼女はプランター栽培と水耕栽培、二種類の方法で大麻を育てていた。プランター栽培の鉢植えはベランダに並べてあり、水耕栽培のロックウールポットは照明装置を取りつけたクローゼットのなかに置いてあった。土を使うプランター栽培では質より量を求めて栽培しているが、ロックウールに植えて液状肥料で育てている水耕栽培の方は、量より質を優先すべく光量や温度まで管理している。

屋外に出しているプランターの大麻は、季節とともに生長するため、開花や収穫の時期を変えることはできない。それに対してクローゼットの内部で育つ、水耕栽培の大麻は、光の照射時間や温度および湿度を調整することにより、一年を通して新鮮なバッズを手に入れられた。

藤堂が今吸っているのは、水耕栽培の上質なバッズであった。一本吸い終えて立ち上がった時、床が傾いているように見えた。ふらふらと歩いて蛇を水槽に戻しに行く。傍らにしゃがんで蓋を開け、左腕から徐々にほどいていき、流木に絡ませてやる。

そろそろ鼠の解凍が済む頃だった。ポリ袋越しに触れると躰の熱が伝わってきた。温《ぬる》くなった容器の湯を台所に流し、袋のファスナーを開いた瞬間、獣臭い肉の匂いが立ち上り、思わず藤堂は洟《はな》を啜《すす》って顔を顰《しか》めた。

専用の箸で鼠を摘《つま》み、彼女はケージの前に戻った。金網の上で鼠を揺すり、流木に身を絡ませている蛇の注意を引く。温度や匂いから獲物を認識したようだった。上に向けて身を伸ばし、舌を出しながら金網の方へと近づいてくる。

蓋をずらして隙間を作り、箸の先の鼠を滑り込ませると、蛇は素早く喰《く》らいついてきた。あっという間に締め上げて、ケージの隅に引き摺《ず》り込んでいく。丸呑みにする前に窒息死させるべく、巻きついたまま動かなくなった。鼠は初めから死んでいるのだが、本能がそうさせるのであろう、蛇は獲物を殺すつもりで締めている。

藤堂は声を上げて笑いだした。死んだ鼠を窒息死させようとしている錦蛇の健気さも、大麻に酔っ払いながら、ペットに餌を与えている自分の行動の奇妙さも、無性に笑えてならなかった。

もう一本巻くためにケージから離れ、椅子に腰を掛けて食卓に向かった。胡椒《こしょう》でも砕くようにして、密集している花の塊、自ら収穫して枝葉を取り除き、時間を掛けて乾燥させたバッズを、銀のグラインダーで粉砕する。

手作業をしているうちに、穏やかな気持ちになってきた。ペーパーを取り、藤堂はジョイントを巻き始めた。小さな厚紙を丸めてフィルターの部分を拵え、ペーパーの端に載せ、細かく砕いたバッズを敷き詰めていく。

唾液で糊《のり》づけをして、一本巻き終えた。ケージを見ると蛇が鼠を丸吞みにしようとしていた。固《もと》より骨が二つに分かれている下顎を、左右に広げ、いっそう大きく口を開いて、鼠を締めつけながら身をくねらせている。

頭部から吞まれ、鼠の躰がゆっくりと見えなくなっていく。だが蛇の躰に膨らみが生じるため、どの辺りまで吞まれているかは一目瞭然だった。あんぐり開けた口から鼠の桃色の尻尾が伸びている。白い鼠を捕食して栄養を摂取し、数日後には黒い糞《ふん》を排泄《はいせつ》し、幾度も脱皮をしながら蛇は成長を遂げる。新陳代謝によって古い皮を丸ごと脱ぎ捨て、その都度肉体を更新するとは興味深い。

巻きたてのジョイントに着火し、鼠を吞む蛇と煙を吸う自分を重ね、藤堂は白煙の鼠たちを次々肺のなかへ送っていった。


螺旋階段を上り、西尾は十四階の自室まで帰ってきた。カーテンすらつけていない窓辺に立ち、果てなく続く枯れ野をぼんやり眺めていたが、空腹を鎮めるべく、床に落ちている缶詰を拾うと、缶切りを探して、ろくに家具も置かれていない、殺風景な部屋を歩き廻りだした。

缶切りは流しに放置されていた。錆びているのも致し方ない。塵《ごみ》捨て場から拾ってきた、背凭れの取れたピアノ椅子に坐り、鰯《イワシ》の缶を開けていく。西尾はパンを齧《かじ》り、缶詰の汁を啜り、飢えに耐えることで手元に残した金を、悉《ことごと》くロロクリに注ぎ込んで暮らしていた。

箸を探すのも億劫《おっくう》であり、指で鰯の切り身を摘むと、口に放り込んだ。指についた汁を舐め、もう一切れ口に入れる。椅子から下りて靴下を脱ぎ、部屋の隅へ投げる。鰯の缶を持って歩き、布団の上に置いてある袋から、固くなった食パンを取り出す。幸いにも黴《かび》は生えていなかった。食パンを千切って缶詰の汁に浸し、ちびちびと食べる。腹が満たされる筈もなく、西尾はもう一缶、鰯か鯖《サバ》を食べようかと考える。だが二つ目の缶からまた次へ誘われ、食欲はさらに募るに違いない。我慢して眠る方がいい。

空腹も然《さ》ることながら、太陽はまだ沈んでおらずカーテンもないため、明るさゆえ眠れるか不安だった。藤堂の部屋でロロクリは使い果たしてしまったが、睡眠薬なら余っている。大して面白くもない薬でも、本来の用途通り眠るために使うなら、そう悪いものでもない。

台所に置いてある、元々は鎮静剤のシロップが入っていた小瓶を取り、キャップを開けた。この瓶に睡眠薬を詰めてある。種類には頓着せず、錠剤を掌に盛っていく。眠れさえすればどれでもよかった。

コップに水を汲み、西尾は錠剤をまとめて飲んだ。何時に起きられるかは睡眠薬の種類と効き具合によるが、起床したら、早朝だろうが、真夜中だろうが、ロロクリを求めて歩きだしたい。プルチネッラに会えなければ、夜明けが訪れても本当の意味で一日が始まることはない。

ジーンズを脱いで敷き布団に横たわり、毛布を被って日差しを逃れ、西尾は眠りを貪《むさぼ》る姿勢を整える。眼を瞑り彼は考える。来る日も来る日も野良犬が残飯を漁《あさ》る如く薬物を摂取して、好き好んで模型のなかを歩き、幻と戯れている。どうすればいいのだろうか。自分はどうしたいのか。何か望みはあるのか。いつまで〈奇天座〉にいるつもりなのか。

西尾は自らに問い、自ら答えを出す。ロロクリの他に欲しいものはあるか。ない。プルチネッラからロロクリを購入できる限りは、死ぬまでここにいたいか。いたい。いたくない。

声がする。誰の声なのか。どこから聞こえている声なのか。声が語りかけてくるのだが、それが夢に響く仮象の人物の声なのか、現実にかけられている声なのか判然としない。

「いつまで寝てるつもりですか？」

まだ変身が済んでいないにも拘わらず、蛹の殻をぺりぺり剝がされつつある幼虫のように、毛布を巻きつけて躰を覆い隠そうとする。だが声は語るのをやめず、西尾を眠りから覚醒へ引き上げていく。

「旦那、こっちも忙しいのにね、そろそろなくなる頃かしらと思いまして、わざわざ届けに来てやったんです。配達ですよ配達。至れり尽くせりじゃないですか。自分の優しさには涙が流れちまうほどですよ。さあ、買っちまいなさい。吝《けち》を決め込んでもしょうがない。起きてすぐ使ってみれば、きっと楽しい一日になるでしょう。ほれ、起きた、起きた、さっさと起きなさいったら」

プルチネッラが来たと知ったが、西尾の眼は完全に醒めてはおらず、自分の部屋に蜂の道化がいる事実を、当然の如く受け入れ、毛布を被り直して今一度眠り込もうとする。

芝居じみた咳払《せきばら》いをしてからプルチネッラは言った。

「それじゃ、要らないんですね、ロロクリは？」

この一言で眼は醒めた。西尾は毛布を撥《は》ね除《の》けて、撥条《ゼンマイ》を仕込まれた絡繰《からく》り人形を思わせる動作で、ぎくしゃくと、しかし素早く立ち上がった。考えるべきことは多々あるが、身を揺らして瞼《まぶた》を擦りつつ彼は言った。

「ちょっと待ってくれ」

プルチネッラは部屋を横切ってピアノ椅子に腰掛けた。黄と黒の横縞《よこじま》を纏う蜂の道化プルチネッラは、椅子の上で胡座《あぐら》をかき、西尾の顔を嘲《あざけ》るように見ていた。だがべっとりと白塗りをしてある顔がそう感じさせるだけで、本当は誰のことも嘲ってはいないのかも知れない。

この男は何歳なのか。きびきびした動きや潑剌《はつらつ》とした表情を見れば、自分と同じか年下のように思えるが、白塗りの化粧の下から覗く、皺の刻まれた顔を観察していると、遥か年上であるようにも思えてくる。

蜂の縞模様の描かれた派手な上着と、裾が広がって、だぼだぼとしているズボンを着用している、典型的な道化服を纏った男を見据え、西尾は思案を巡らせる。衣装はプルチネッラ自身が用意したものなのか。それともどこかの衣装屋から探し出したのだろうか。

自作の衣装であるとは思えない位には、隅々まで意匠が練られている如く見える。明らかに道化衣装でありながら、縞模様の黄と黒の色味や光沢の具合から、蜂を模していることも即座に見て取れる。真正面からは見えないものの、背中には邪魔にならない程度の大きさの、銀ラメの煌《きら》めく四枚の翅まで生えている。

〈奇天座〉にあるような古着屋で購入されたものだとも思えない。あまりに綺麗であり、汚れらしい汚れは見られず、ひょっとすると、替えを何着か持っているのではないかと思えてしまう。

ピアノ椅子に坐る道化の前に立ち、見下ろすようにして西尾は言った。

「どうしてここにいる？」

案の定と言うべきか、悪戯《いたずら》っぽく微笑すると、プルチネッラは答えた。

「薬をお届けに参りました。さっき言ったばかりでしょう」

「どうして、じゃないね。どうやって、だ。どうやってここに来た」

胸のポケットから煙草を取り、プルチネッラは尚も恍《とぼ》け続ける。

「エレベーターです。ボタンをぽちっと押しまして」

「そうじゃない。どうして部屋を知ってるんだ。君に教えた覚えはない。それに鍵はどうした？」

ピアノ椅子に坐ったまま躰を捻り、ズボンのポケットからマッチ箱を取り出して、プルチネッラは言った。

「鍵なら開いていましたよ。部屋の場所はどうでしたかねえ、旦那様の口から聞いたように思うんですが」

「そんな筈はない」

「いいえ、旦那の口から場所を聞いたので、開けっ放しの扉を開けて、今この部屋にいるのです。寝惚《ねぼ》けてるあなたに否定できるものですか！　どこにだってロロクリの蜜を届けられるから、私は蜜蜂の道化師なのです。それが分からないようではてんでお話になりませんね」

西尾はふらついて転びそうになった。突然に起こされたので、睡眠薬が躰に残っている。まだ明るい時間帯から夜を跨ぎ、翌日まで眠れたということは、かなり効果の強いものを服用したに違いない。床に置かれたプルチネッラの鞄《かばん》に、西尾は眼差しの焦点を合わせようとする。

マッチを擦って煙草に火をつけ、プルチネッラは言った。

「それで、どうするんですかい？　旦那様、私は持ってきているんですよ、あれを。買いますか？　それとも今日はやめておきますか？　さあ急いで決断してください。道化だって暇じゃないんですよ。サーカスの練習やら何やら、色々予定が立て込んでおりまして」

道化なのか麻薬売人なのかはっきりさせてくれ、と言いたかった。稀少《きしよう》な幻覚剤を売ることが目的であるなら道化の演技など不要な筈である。抱えている顧客の数から考えても、相当な金額を稼いでいるに違いない。それなのになぜこんな姿で、道化を演じて商いをするのだろうか。

これほど胡散《うさん》臭い男に金を払い続けているとは、自分が情けない。しかし、機嫌を損ねる訳にはいかない。中毒者と売人、依存する者と依存される者、プルチネッラは双方の立場の違いを明確にしたのである。

西尾は渇いた口から声を絞り出す。

「ああ、買うとも、買わせてくれ。君の予想通りさ。昨日すっかり切らしてしまったばかりだ。シートを二枚くれ」

プルチネッラは椅子の上に立って、両腕を広げて喜びを表現してから、猫のように床に飛び降りた。

「いや、そうこなくっちゃね。持ってきた甲斐《かい》がある。あんたは素敵なお客さんだ。まるで神様だよ。誇張なんてなしに神様だ。これからもどんどんロロクリを飲んで、深く深く潜っていくといい。これは飛びっ切りの良薬だから」

ロロクリを運ぶ旅行鞄を取ってきて、プルチネッラは床に坐った。宝石でも見せるかのように、勿体振った様子で革の鞄を開く。ロロクリ錠剤の包装シートと、鎮静剤入りのシロップの小瓶が敷き詰められている。

唾液が分泌されて喉が潤ってきた。プルチネッラの開けた旅行鞄を食い入るように見つめ、西尾は言った。

「シートを二枚に、シロップも三本ほど頼む。これで溶かして飲まないと、何となく物足りないと感じるんだ」

革表紙のついた手帳から紙片を千切ると、プルチネッラはボールペンで式を連ねていった。おそらく試し書き程度でしかない、目眩《めくらま》しを目的とした数と記号の無意味な羅列である。

「旦那様には特別価格で提供させていただきます。本当の特別価格ですから、どうか他言無用でお願いします」

西尾は額を気にしていなかったし、プルチネッラの言葉も信じていなかった。札と硬貨が錠剤に変化するなら、特別価格であろうと、通常価格であろうと、どちらでも構わない。交換の比率など二の次である。それにいつも決まって破産には至らない。プルチネッラも、買い手を破滅させようとは考えていないのだった。プルチネッラは中毒者たちを飼い慣らす牧人《ぼくじん》であり、自分は家畜のなかの一頭に過ぎない。

机の上の金を集めてくると、西尾はプルチネッラの正面に坐り、同じように胡座をかいた。床に札を重ねて小銭を散らし、道化に差し出して言った。

「来月の金が給付されたら、すぐに次を買いたい。そう言えば一昨日、花畑に行ったけれど、君は姿を見せなかったね。来る日を教えてくれると助かるのに」

横を向いて煙草の煙を吐き、プルチネッラは言った。

「行く日もあれば行かない日もあります。花畑に行くか、または花畑に行かないか、どちらかですね私の一日は」

「当然じゃないか。そんなこと分かってる。君がいつ来て、いつ来ないのか、それを知りたいんだ」

言葉を交わしていても、西尾の眼は幻覚剤に釘《くぎ》づけにされていた。一枚のシートに十の錠剤が収まっており、銀のシートの端には、赤い文字で〈ロロクリ〉と記されているが、製造元までは明記されていない。

「いつ行くかなんて分かりませんよ。ですがね、今日はこうして部屋まで来たのですから、花畑で会えなくても、首を長くして待っていることです。私は旦那様の願いを叶《かな》えるために、この商売をしているんです。いいや、嘘じゃない。道化は言葉遊びを好みますが、嘘はつきません。まあ、場合によっては息をするように嘘をつくのかも知れませんが、自分が得をするためだけの、面白くもない嘘はつきません。あなたを騙《だま》したりはしないと約束します」

「とにかく、僕はもうロロクリなしに生きられない。ロロクリが与えてくれる閃《ひらめ》きや興奮がなければ、まったく生きている心地がしなくなってしまった。今後もよろしく頼むよ、プルチネッラ」

「親しく付き合っていこうじゃありませんか！　売人は他に沢山いても、ロロクリは私しか扱っておりません。自慢の品をお届けしますので、どうかご期待を。それじゃ旦那様、ここらでお暇《いとま》させていただきます。ロロクリを二シート、シロップを三本、確かに置いていきますからね。あなたが薬切れで苦しみだす前に、必ず今日のように参上してみせますとも」

プルチネッラは立ち上がった。片手に旅行鞄を提げ、もう一方の手に煙草を摘み、灰をぱらぱらと床に落とし、部屋から出ていこうとする。錠剤のシートとシロップの小瓶を拾いつつ、西尾はプルチネッラの背中に問いかけた。

「また来てくれるね？」

無言のまま振り返らず、煙草を持つ手をひらひらと振り、背中の小さな翅を揺らして道化は出ていった。


ロロクリとシロップを買ってから二度寝をした西尾は、昼下がりに再び眼を醒ますと、暮らしている十九階建てビルの屋上へと出てきた。

広い屋上であるが、周囲のビルの屋上と同様、魚の骨の如き形状をしている八木式アンテナや、円盤状のパラボラアンテナで、足の踏み場はなくなっている。アンテナのみならず、赤錆の発生している物干し台も、場所を奪い合うように乱立しており、どの竿にも夥《おびただ》しい数の洗濯物が掛けられている。

アンテナとアンテナの隙間に横たわり、段ボールを一枚だけ敷いて昼寝をしている若い男の姿も見られる。洗濯物の下をくぐり、パラボラアンテナを跨ぎ、ケーブルを踏みつつ屋上を囲う柵の前まで来ると、西尾は柵から半ば身を乗り出すようにして、西の方角に聳える山々の彼方、かつて住んでいた市街地の方を見遣った。

〈奇天座〉に移り住み、ロロクリを使い始める以前の暮らしを思うと、現在の方が遥かに浮世離れした日々を過ごしているのに、あの頃の街での生活こそ、ロロクリの見せる幻に他ならないように感じられた。

人が人として暮らす、娑婆《しゃば》世界の象徴とも呼び得る、真白い建造物の並ぶ市街地の方を眺めていたが、感慨も湧かなくなっていることに気がつき、柵を握る手を離して振り返り、西尾は再び屋上の様子を見遣った。

仮装をしている者が一人もいないことが意外に思えてきた。今日は十数人の住人が屋上に出ていたが、動物の被り物で頭を覆い、奇声を発しながら跳ね廻っている者もいなければ、天使や悪魔など架空の存在を演じている者もいない。

思えば自分を含め、ロロクリの常用者には屋内を好む習性がある。非日常を求めて麻薬を使っておきながらも、外部に起因する完全な偶然、不測の事態が生じることは避けたいものである。肘掛《ひじか》けから釘が飛び出している、朽ちたロッキングチェアーに坐り、揺られている年配の女が一人、辛《かろ》うじて獣の腕のついた毛皮を羽織っていたが、これは仮装でなく防寒を目的としているのは明らかだった。

起床時に比べれば意識は格段に冴えてきており、睡眠薬は抜けつつあった。太陽の光と開けた眺めが気分を爽快なものにしてくれた。部屋に戻るため、西尾は階段室に向かって歩きだした。皮を剝いだ兎を網の上で丸焼きにしている、年老いた男女の脇を通り掛かると、老婆が声をかけてきた。

「少し食べていったらどうかしら」

老婆と同じく、逆さに置かれたブリキのバケツに坐っている老爺も、バーベキューコンロの火力を調整しながら言った。

「一羽丸々買ったはいいが、私ら二人じゃ食べ切れそうにないいんだ。焼き始めてから気づいてね。兄ちゃん、兎の肉は口に合わないか？」

思わぬ親切に足を止め、西尾は常より高い声で言った。

「いえ、そんな、ありがとうございます。でも本当にいいんですか？　兎の肉なんてご馳走を」

「食べ切れなくて、烏《カラス》だの猫だのにあげるのも癪《しゃく》じゃないか。さあ、遠慮せずここに坐りなさい」

老爺に促され、西尾は、二人が椅子として使っているブリキのバケツの間に割って入り、地べたに体育坐りをした。フォークを受け取って彼は呟いた。

「肉を食べるの、いつぶりなのか思い出せないや」

両手に握った二本のステーキナイフを使い、まだ生焼けの箇所が散見される兎を、危なかしい手つきで裏返しながら、老爺が言った。

「行きつけの肉屋で買ったんだ。ここから東側に向かうと、一際大きなマンションが建ってるだろ？　そこの三階に、私と婆さんのよく行く店があってね。羊の肉だって安く買える。兄ちゃん、ちょっと細過ぎるぞ。どんどん食べないと」

所々凹んでいる金属製のマグカップに、ペットボトルから緑茶を汲みつつ、老婆が言った。

「鶏でも羊でも、何を買ってもちゃんと血抜きがされてるし、この兎だって、腹にはセロリだとかハーブだとか、一杯に詰めてくれたからね。あの店は安いのに肉の質もしっかりしてるよ」

そう言って、老婆はマグカップを渡してくれた。西尾は緑茶を啜り、感謝の言葉を口にする。

「お気遣い、ありがとうございます」

普段の彼が飲んでいるのは水道水と酒、あるいは鎮静剤のシロップばかりであり、焼けつつある肉を前に緑茶を飲むなど、信じられないほど健康的で、贅沢《ぜいたく》なことでもあった。

焼けていない部分をナイフで網に押しつけ、じゅうじゅうと煙を上げさせながら、老爺が言った。

「美味しそうだろう。奇天座ならではさ。ここじゃ全部が安上がりだ。何であろうと格安で手に入れられる」

淡い青地に橙の縞が入るチェック柄のセーターから、毛玉を毟《むし》り取りつつ、老婆が言った。

「二人とも働き盛りに仕事を辞めてね、思い切って奇天座に移ってきたの。かれこれ三十年は住んでるけれど、本当に、何もかもあっという間でした」

「僕はまだ、とは言っても、自分では長く住んでるつもりですが、八年しか暮らしていません。三十年ともなれば大先輩ですよ。ロロクリの流行も、お二人が振り返れば最近の出来事なのでしょうか」

「そうねえ。あの薬は確かに、気がついたら猫も杓子《しゃくし》も首ったけになっていたように思います。聞く所によれば他の麻薬よりも熱心な人が」

老婆の言葉を遮って老爺は言った。

「治安は昔の方が悪かったな。今はマフィアと言えば専ら不可否々《ふかひひ》が牛耳ってるが、昔はもっと多くの組織が事務所やアジトを構えていて、あちこちで抗争があったたし、死体を見ることも珍しくなかったんだ。だがロロクリが出廻り始めたのと前後して、そういう抗争もめっきり少なくなった。勿論、治安が良くなるのは歓迎だが、何だか住人にも、だらしなくて無気力な奴が増えたように思う。生気のない眼をして、薬で動物ごっこに夢中になってる奴ばかりだ」

フォークで肉を裏返しながら、老婆が言った。

「何にしても遺体を見ずに済むなら、喜ばしいことだと思うけどね」

「それはそうだが、本当らしさが失われたんじゃないか。この暮らしの本当らしさのことさ。どいつもこいつも夢を見てふらふらしてる。ロロクリが流行《はや》り始めてから、奇天座はやたらと嘘っぽくなったんだ」

「でも、私たちが来た頃だって、衣装を着る人なら結構いたじゃない。私もあなたも何度か着たでしょ？　変てこな動物のお洋服」

「違うんだ、婆さんよ、そういうことじゃないんだ。私が言いたいのはね、あの頃の仮装のことじゃないんだ。私たちの頃はお遊びだった。皆でやるお祭りのようなものだったろう。自分たちは自由なんだって、見せつけたいというか、奇天座に住んでることの、そうだな、誇りみたいなものがあった筈だ。だけど今は違う。皆でやってる感じがしない。一人一人が自分勝手に孤独に、狂ったみたいに動物ごっこをしているだけだ。人であることも人のなかで生きることも、何もかも投げ出しちまったように見える」

老爺の言葉はロロクリの性質を的確に表現しているように思われた。西尾は一人で狂いたいからロロクリを使っていた。また、孤独に狂っていたいにも拘わらず、皆が同じ欲望を抱き、判で押した如く挙《こぞ》って獣になろうとしているから、そこに抵抗感を覚えているのだった。

自身が使うことには触れず、西尾は言った。

「そうですね。ロロクリはそれだけ強い麻薬なんでしょう。同じような恰好をして、同じように動物になってるのに、それでも誰とも連帯感を持てない位に効果が強いのだと思います」

晴れた空の下で二人の老人と語り合いながら、こんがりと焼けていく兎を見つめ、香りを味わっていた西尾だが、彼は老爺の言葉によって己の本質に気づかされた如く感じた。

折角ロロクリを使って、自分だけの幻を見ているというのに、誰かと連帯するなど御免である。動物のなかで動物になっても意味がない。私は群衆のなかで一頭の獣になるか、あるいは獣たちの栖《すみか》に潜む、たった一人の人間でありたい。

網の上の肉を眺めていると、火の通っていく食用兎が、〈花畑〉で天使から冷たい仕打ちを受けていた黒兎と重なり、西尾は僅かに笑いを漏らした。

II

プルチネッラは死んだ、という噂《うわさ》が流れ始めた。確かに、いつの間にかロロクリの供給は途絶えており、西尾も自室で言葉を交わして以来、プルチネッラの姿をまるで見なくなっていた。

売人の死をめぐる噂は、ロロクリ常用者たちの口から口へ伝わり、〈奇天座〉全体を瞬く間に巡っていった。プルチネッラを除いて、誰一人としてロロクリの製造拠点や流通経路を知らないため、噂が真実であれば、常用者たちは揃いも揃って変身の術《すべ》を失ったことになる。

西尾の手元には、すでに錠剤の減りつつあるシートと、手をつけてはいない新品のシートが一枚ずつ残っている。シロップの小瓶は一本飲み干しており、残りは二本であった。

日に一回、節約のため半錠に割ったロロクリを、少量のシロップに溶かして飲み、西尾は模型のなかにプルチネッラを探しに行く。そこにプルチネッラがいないことは分かっているが、彼は建築模型へと足を踏み入れる。道化を探す振りをしていれば、二度とロロクリを得られないのではないか、という恐れを抱かずに済む。

太陽の沈みかけた頃、この日も西尾は藤堂の部屋にいた。藤堂は椅子に坐り、首に蛇を巻き、足の爪を切っている。大麻の香りが満ちた部屋に、爪を切る音が、ぱちりぱちりと間隔を置いて鳴っている。西尾は藤堂に背中を向けて模型の前に坐り、掌に載せた半錠のロロクリを見つめていた。我慢せず飲んでしまうべきか、道化の安否が判明するまで残しておくべきか、いつまでも悩み続けており、コップに水も用意しておきながら、錠剤を口に入れられずにいた。

爪を捨て、巻きついていた蛇を首から外し、ケージに戻してやると、藤堂は窓辺に行き、大麻の煙を吹きかけて硝子を白く曇らせた。パーカーの袖で硝子を拭い、外を眺めつつ彼女は言った。

「どうせ飲むんだし、さっさと飲んじゃいなよ」

胡座をかいたまま上半身を捻り、西尾は藤堂に問いかける。

「本当にプルチネッラが死んでいたら？」

「その時はその時だよ。また別の人が売り始めるんじゃないの」

「プルチネッラ以外に売る人なんて考えられないけど、販売停止になる日が来るのを見込んで、たっぷり蓄えてた人たちはいるかも知れないな。そういう連中が手持ちを売りだしたら、価格は随分と高騰するだろう」

「だけど、ほら、蜥蜴の人との約束は次の月曜日だよ。プルチネッラが来るっていうパーティーの話、覚えてるでしょ。そこに姿を見せるかも」

「覚えてるよ。でも正直、それも半信半疑だな。僕の知ってるプルチネッラはとても気紛れで、買い手と約束して、決められた日に来るような売人じゃない。蜥蜴が嘘をついているか、プルチネッラに揶揄《からか》われているか、もしくはプルチネッラを騙《かた》る偽者から、紛《まが》い物《もの》のロロクリを買っているかのどれかだと思う」

食卓の灰皿にジョイントを置き、藤堂は笑って言った。

「偽のプルチネッラまでいるって言うの？」

「可能性としてはね」

「でも月曜は行くのね」

「勿論さ。本物のプルチネッラが本物のロロクリを売りに来る可能性もある。実際に死んでいるなら叶わない夢だけど、月曜は絶対に行きたい」

錠剤の欠けらを掌の上で転がしながら、西尾は語り続ける。

「殺されたとしたら、おそらくマフィアの仕業だろうね。覚醒剤とかコカインとか、他の麻薬の売上なら、末端の売人から辿っていくと、最終的には不可否々の懐に入っているんだろうけれど、ロロクリだけは唯一、プルチネッラしか仕入れられない薬だ。奪って利益を独占するために、不可否々あるいは別のマフィアが、訊問《じんもん》の末に殺したってことは充分考えられる」

「それでも憶測の域を出ないね。まあ、とにかく月曜日に行ってみよう。蜥蜴の所で再会できたら、万事めでたしでしょ。それとも、これを機会にロロクリやめてみる？　私は自分で栽培してるからさ、信じられないよ。よく分からない薬に夢中になって、一人の売り手に依存してるってどうなの？　いつ消えてしまってもおかしくないってことだよね。大麻にすればいいのに」

「大麻じゃ満足できないよ。僕は模型のなかを散歩したいんだ」

「どうぞご自由に、としか言えない」

残されたロロクリが尽きた時に、自分はどうなるのだろうか。ロロクリを断つ気は毛頭なかったが、藤堂の言葉を聞いて西尾は心配になった。断つ気がなくても供給が途絶えてしまえば、強制的に断薬せざるを得なくなる。

　プルチネッラの死によってロロクリが失われても尚、私は〈奇天座〉に残りたいと思うのか。それとも市街地に戻るのか。すっかり正気に返って街に帰る、などという夢物語が始まる可能性はあるのだろうか。

　動物への変身は試みていないが、獣たちのなかで彼らと同じ食糧、幻覚剤を好んで摂取していた私に、帰れる世界が果たして存在するのか。人とも動物とも交われない半端者の私がどこに帰るというのか。

　西尾は半錠のロロクリを飲むと決めた。仮にプルチネッラが死んだのだとしても、〈奇天座〉を〈奇天座〉たらしめているロロクリが、消滅するだなんて理屈の上でも起こり得ない、と、理屈にならぬ理屈を捏《こ》ね上げて、西尾は半分に割ってある錠剤を舌の上に載せた。


　西尾は廊下を歩き続けていた。現実の躰は、模型の前まで運んだソファに沈んでいる筈だった。肉体の感覚はまだ消えておらず、ソファに身を擦りつけ、時おり彼は躰の輪郭を思い出そうとする。自分はソファに掛けていて、模型を外から見ているのだと実感できる。

　しかし、それでも西尾は廊下を歩いていた。私はソファに坐っており、私は廊下を歩いている。二つの食い違う事実は両立が可能であり、彼は坐りつつ歩き、歩きつつ坐っているのだった。

　誰の声も聞こえない廊下には、大麻の香りも漂ってはいない。音と匂いの欠けた、外観のみ現実と瓜《うり》二つである廊下を、西尾は陶然として歩く。人の気配はなく、誰も自分のことなど見ておらず、眼という器官は、この眼窩《がんか》に収まっている二つの他には存在しない。

自室の前まで辿り着き、ドアノブを捻って入った途端に、安堵が込み上げてきた。しかし同時に疑念も浮かんだ。幾ら何でもここまで細かく再現されている筈がない。模型内にも自分の部屋は作られているのかも知れないが、玄関に転がるスニーカーの紐《ひも》の結び方まで再現されているなどあり得るのか。

ここはどこなのか。ひょっとすると、すでにロロクリの効果は切れており、自分は立体模型の内部でなく、現実の自室にいるのではないか。忽ち焦りが生まれ、西尾は悪寒《おかん》に襲われた。

彼は玄関で靴を脱いで、リビングに敷かれた布団に潜り込んだ。いつも眠っている布団と色も手触りも同じであった。こんな些細《ささい》な品まで、藤堂がミニチュアを拵えているとは思えない。

寒さに震えながら、西尾は今回の服用は失敗だと悟った。失敗を認めた直後、躰は藤堂の部屋、青緑色のソファの上に投げ出されてしまった。

胎児の如く身を丸め、西尾は前歯をがちがちと鳴らした。猛烈な吐き気がするが、トイレまでは歩いていけそうにない。摂取してからどれほど時間が経ったのか。薬理作用が消えるまで耐えられるだろうか。結局、半錠だけでは心許なく、追加で一錠半服用していたため、まだ効果は持続しそうであった。

ソファの前には〈奇天座〉の模型があり、部屋の隅には蛇のケージが置かれている。食卓には何本か酒瓶が並んでおり、灰皿の上にジョイントの燃え滓《かす》が残っているのも見える。

現在地を知ろうとする執着すら、幻覚剤の生み出した強迫観念だと承知しながら、彼はソファから立ち上がり、世界を検分するべく歩きだした。ここは藤堂の居室か、それとも模型の内部か、是が非でも確かめなくてはならないのだが、床は水面の如く揺らいでおり、直進は困難を極め、否応なく千鳥足を強いられてしまう。

色彩や質感の変容が著しく、どこに眼差しを向けようと、油彩画を眺めているかのようである。綿雲のように床を漂う洗濯物を踏んで歩き、西尾は隅に置かれた水槽に近づいていく。彼は蛇を世界の蝶番《ちょうつがい》として選んだのだった。

藤堂の飼育している球体錦蛇が自分の記憶通りの姿であるなら、この空間は模型の内部にはない。模型の外部にあって模型を包含している、本物の、藤堂の住んでいる部屋であると断定していい。破綻した推論と知りながらも、西尾は必死にこの観念に縋《すが》りつく。

見下ろして覗いたが、空のケージには水入れと流木のみ置かれていて、肝心の蛇の姿はなかった。西尾は戸惑った。気がおかしくなり、藤堂の大切な相棒を自分の手で逃がしてしまったのか。網の蓋越しに水槽を覗くのをやめて顔を上げるなり、西尾は恐怖した。壁の模様が一面、錦蛇の模様になっていた。模様は流動する如く動き続けており、大蛇が四方の壁に沿って這い廻っているように見えた。

それから、着ている白いスウェットシャツが、鼠の皮膚に変化していくことに気がついた。壁に流動する蛇の紋様は、間もなく捕食されるであろう、哀れな鼠の結末を予告しているかのようだった。

瞬く間に白い二十日鼠に変身を遂げてしまったため、錦蛇から逃れようと、西尾は部屋から飛び出して階段を下りだした。

模型の内部と外部、どちらにいるのか判断できない。しかし、模型の内部で玩具の蛇に追われているにせよ、外部で本物の蛇に追われているにせよ、自分が無力な鼠である以上、天敵から逃げなければ捕食による死が待っている。

階段を無我夢中で下りて、動物に変身している者や、人の形を保っている者たちと出くわして、すれ違ったり、後ろから追い越したりしつつ、西尾は考える。この白いシャツさえ脱いでしまえば、鼠から人に戻ることができ、蛇など怖くなくなるのではないか。

そう考えてはいるのだが、すでにスウェットシャツは跡形なく消えており、白色の体毛が躰を覆い尽くしている。西尾は二足歩行する二十日鼠になっていた。心做《こころな》しか口元が尖《とが》り、二本の前歯がにゅっと伸び、鼻先からは長い髭が左右に生えている如く感じられた。耳の形状や位置さえも変わっているのでは、と不安を抱き、試しに手で触れてみると、不幸中の幸いと言うべきか、側頭部からは人の耳が生えていた。

特徴らしい特徴を持たないシャツ、色彩を欠き、何らの装飾性も帯びてはいない、白いシャツを着用していたことが仇《あだ》となった。藤堂の部屋の冷凍庫に収められている鼠たちを連想してしまった。

困ったことに何階から何階へと下りているのか分からない。それればかりか、自分がどの棟にいるのかも分からなくなっている。錦蛇の模様が描かれた廊下や階段など、これまで一度も見たことがない。

嵌《は》め殺しの窓を割って飛び降りてしまえば、また藤堂のソファの上に戻れるのでは、と考えてしまったが、西尾は幻覚剤の常用者であり譫妄《せんもう》状態には慣れているので、湧き起こる出鱈目《でたらめ》な思考を警戒する癖もついていた。廃人にならず幻覚剤を愉しみ続けるには、壊れる寸前で留まり、砕けそうな精神を糸で結わえておく必要がある。凝り固まった心をほぐしながらも、元通りにできないほどに形を崩してはならない。

足を止めると、西尾は声に出して言った。

「おまえの考えることはすべて間違い。ロロクリの所為で、間違いしか思いつかなくなっている。今は何も考えないのが正解だ。正解に辿り着く唯一の方法は、正解には辿り着けないと自覚して何も考えようとしないこと。何も考えないことだって決して考えちゃいけない。そうだ、そうだ、何も考えるな。何も考えない、ということすら考えない、ということも考えない。飛び降りたって死ぬだけなんだ」

言ってはみたが、気持ちは静まらない。西尾は再び階段を下り始めた。蛇が迫ってきている。幻を見ているに過ぎないことは知っている。だが一匹の二十日鼠にとってはそれを知っていようとも、天敵の蛇を眼の前にすれば甲高い声で鳴き、死に物狂いで逃げる以外にない。

己を見失うためにロロクリを摂取したというのに、今は恐ろしくて仕方ない。西尾は鼻をひくひくさせ、辺りの様子を窺おうとする。早く藤堂の部屋に戻りたい。ここはどこなのか。すでに錦蛇の腹中にいるのだろうか。答え得ぬ問いが絡みつき、足は重くなり、彼は階段の踊り場に蹲《うずくま》ってしまった。


埃っぽく狭苦しい店内には、幾着もの衣装が吊るされている。西尾は服と服の間に潜り込み、纏うべき動物のコスチュームを探していた。

彼は振り返って藤堂に尋ねた。

「君だったらどれにする？」

衣装を分けて進みつつ、藤堂が言った。

「着るなら蛇かな、やっぱり」

「蛇か。鼠になるよりいいか」

「自分が好きなものを選んで着るしかないよ。それより、西尾君、ロロクリやっても動物にはならないって言ってたのにね」

「本当に怖かったんだ。何度も言いたくないけど、元はと言えば、君の蛇の所為だと思う。蛇が鼠を呑み込む光景が頭に焼きついていて、それであんな幻覚を見る羽目になった」

西尾は積極的に変身したい訳ではなく、あくまでも予期せぬ変身を避けたいだけであった。それならば、と彼は考える。食物連鎖の頂点、何者にも脅かされない存在に生まれ変わるのがいい。捕食される危険とは無縁であり、生命の循環の只中《ただなか》で悲惨な死を遂げることのない動物を選びたい。

物色した末にお誂《あつら》え向きの衣装を探し出した。頭部と一緒に売られている虎の着ぐるみを、埃を払いながらハンガーから外し、彼は言った。

「これだ。虎なら蛇には食べられない」

ぎょろりとした眼と長い舌が特徴的な、黄緑色のカメレオンの帽子を被り、藤堂が言った。

「蛇の大きさにもよるんじゃないの。幻覚なんだから、二十メートルにだって伸びるかも。それなら虎だってぺろりと丸吞みにできる」

西尾は橙色の虎を畳みつつ言った。

「意地悪だなあ。虎になれば大丈夫さ。君こそ何だよ、その帽子。隣でそんな帽子を被られたら、また悪夢に一直線だ。虎を食べるカメレオンだなんて、想像できる限り最悪の生き物じゃないか」

頭を動かして青紫の舌をぶらぶらさせ、藤堂が言った。

「そもそもロロクリを使うから悪いんでしょうが」

「それは違う。成功する場合の方がずっと多い。君の模型を見ながら使えば、大抵は楽しく遊べる。蛇の悪夢はむしろ珍しい失敗例だ」

「あの話を聞いちゃうとね。蛇は好き。でも、鼠になって追われるのは嫌だ」

「夜に見る夢も悪夢ばかりじゃない。起きてから誰かに話したくなるような、面白い夢だって見るだろ」

そう言いながらも、錦蛇に追われた恐怖が蘇《よみがえ》り、虎の衣装を握る手には自然と力が籠もってい た。手の力を緩め、平静を装い、西尾は言った。

「君はロロクリでカメレオンになるの？」

「ロロクリはやらないったら。隅で大麻でも吸いながら見てる。この帽子は何となく買うだけ。まあ、ドレスコードみたいなものかな。どうせ集まる人は皆いかれた服を着てるんでしょ？　虎のあなたもいるんだし」

藤堂の頭からカメレオンの帽子を取り、胸の前に抱えている虎の衣装に載せると、西尾は店の奥へ進んでいった。刈り込んだ短髪に縁なし眼鏡の男が、眠たげな表情を浮かべて接客カウンターに頬杖《ほおづえ》を突いている。店主と思《おぼ》しきその男は、顳顬《こめかみ》の辺りを掻き、頬杖をついたまま野太い声で言った。

「カメレオンのキャップに虎を一式だね？」

カウンターに衣装を置き、西尾は言った。

「ええ、虎があってよかった」

衣装を畳みながら、四十代ほどに見える男は呆《あき》れ顔で語りだした。

「こんな襤褸《ぼろ》服が売れるんだから、不思議なものだな。いや、お客さんの趣味を悪く言っちゃいけないがね、単に不思議でしょうがないんだ。元々は我楽多全般を売るリサイクルショップだったんだが、今じゃ動物の衣装を扱う古着屋になった。言わば専門店だな。古着を売るだけじゃなくて、自分の手でも作ってるよ。こんなのでそこそこ儲《もう》かってるんだから、すべてプルチネッラって奴のお蔭さ。あいつのドラッグは服を本物の躰に変えてくれるんだってな。色んな人が店を訪れては、試着もせずに襤褸を買っていく。なくてはならないものを探すみたいに、襤褸服を漁っているんだから、やっぱり不思議で堪らない。お二人もロロクリを使うんだろう？」

西尾の隣で藤堂が言った。

「この人と一緒にしないでください」

掌の上で小銭を数え、西尾は言った。

「僕は使います。というか四六時中使っています。ちなみに、この虎の服もあなたが作ったのですか？」

虎の頭部を丸めて紙袋に収め、店主は言った。

「いやこれは古着だな。どこかの遊園地で着られていた服だとか、まあ、そんな品が流れてきたんじゃないか」

「なるほど。いずれにしても着るのが楽しみです」

西尾が支払いを終えて紙袋を受け取ると、藤堂はすぐにカメレオンの帽子を出して被った。ロクリは使わない主義を掲げていても、帽子は気に入ったらしい。西尾も虎を着たくなり、後ろから藤堂を急《せ》かすようにして、衣装を左右に押し分けて店から出ていった。

西尾と階段の途中で別れ、部屋に戻ってきた藤堂は、球体錦蛇に鼠を遣っていた。巻きついたまま微動だにしないのかと思いきや、蛇は時たま長い躰をくねらせ、さらに締めつけの具合を強くする。鼠が潰れて出血しないことが意外なほどだった。すでに死んでいるから当然だが、鼠は締めつけられながらも声一つ上げず、眠るかのような表情を浮かべている。

餌用の冷凍鼠はどんな施設で作られるのか、と、藤堂は考えてみた。きっと杜撰《ずさん》な環境で飼われており、求められる大きさに達するなり、一斉に冷凍され、絶命するに違いない。生きながらにして蛇に呑まれるのも恐ろしいが、餌を画一的に生産すべく用意された、工場のような空間で機会的に処理されて、死の時期まで管理されるのも悲劇である。

鼠は間もなく呑み込まれるであろう。藤堂は蓋をして立ち上がり、水槽の傍らから離れた。蛇に鼠を食べさせたので自分は大麻を吸うことにした。食卓の椅子に坐り、ファスナー付きのポリ袋からグラインダーへと、スプーンでバッズを移していると、黄緑に黄金の混じっている花々の塊から、柑橘系の果実にスパイスを混ぜたかの如き香りが昇った。グラインダーの蓋を閉め、蓋だけを左右に廻転させ、バッズを細かく挽《ひ》いていく。

夜になっていた。窓の外、枯れ野の向こうに灯る煌々《こうこう》とした光が、遠のいて久しい街での暮らしを思い出させる。模型作りは愉しかったが、自分が長らく会社に勤めていたとは、今となっては信じられないことだった。上体を捻り、台所の床に置かれた水槽を見遣れば、口から出ていた鼠の尻尾も見えなくなっており、球体錦蛇は獲物を食べ終えていた。

砕いたバッズを巻紙の上に敷き、ジョイントをくるくると巻き始め、ふと藤堂は、自分が帽子を脱いでいないことに気がついた。ロロクリを使いたいとは思わないが、カメレオンの帽子には愛着を抱いていた。蛇に限らず、爬虫類は昔から好きだった。人間に媚びることなく、文字通りの愛玩動物には堕落せず、常に超然としている姿に感銘を受けるからだった。

それにしても、幻覚剤で動物になろうとするなど愚行の極みではないか。これこそ人間の弱さの証であろう。動物を動物として尊重せず、自分を人間として受け入れることもできず、その結果そういう者は人にも獣にもなれず、自らを生き切ることなく死んでいく。

私は何も演じたくない。一つの大劇場の如き〈奇天座〉に住み、大麻ばかり吸っているからと言って、必ずしも自分まで役者になる必要はない。私は役でなく生き身の人間であり、登場人物ではなく、肌を切れば血の噴き出す、五体を持つ人間である。予《あらかじ》め用意されていた台詞《せりふ》など吐きはしない。私は大麻を吸い、できる限り真実だけを口にしたい。

しかし、勿論ロロクリは使用しないが、仮に、仮に帽子を被っている状態で使ったならば、私は本当にカメレオンになってしまうのか。いや、私の飛鳥という名前には飛ぶ鳥が棲《す》んでいる。翼を生やして飛翔する、龍のようなカメレオンが誕生するかも知れない。

怪物じみたカメレオンが〈奇天座〉の上空を飛んで、口から炎を吐いている場面を空想しながらも、手は丁寧にジョイントを巻き続けていた。雑味をなくすため、紙の余った部分は燃やして除き、それから裏巻きのジョイントに着火する。一口吸うなり藤堂は香りのよさに満足した。

藤堂の言った通り、次の月曜日の夜には、蜥蜴男の所でプルチネッラに会えるかも知れない。だが、プルチネッラは死んでいるかも知れない。後先を考えずに使うのは賢明でない。最悪の場合を想定し、今は薬の節制に努めなくてはならない。

そう理解してはいるが、西尾は薬物の虜《とりこ》であり、常習者が抱きがちな楽観的思考を膨らませてしまう。蜂の道化プルチネッラが死ぬなんてあり得ない。ロロクリの蜜は〈奇天座〉を巡り続けるに決まっている。

誘惑に抗っていたが、とうとう屈服してしまった。というよりも、昨日買ってきたばかりの虎の衣装を、胸を躍らせて纏っているのだから、初めから屈服を望んでいたようなものであった。西尾の部屋には精妙に拵えられた模型などなく、藤堂の部屋に比べればロロクリを使う面白みには欠ける。しかしその代わり、悪夢を生み出す蛇もいない、特徴のない自室に一人きりでいるため、予想外の事態が起こって混乱する可能性は低い。

ピアノ椅子に坐り、机に向かい、シートから錠剤を押し出そうとした瞬間、西尾は笑ってしまった。爪と肉球のある虎の手は、細かな作業に適しておらず、一錠も押し出せはしなかった。手を後方に廻して、どうにか背中のファスナーを下ろすと、衣装を半分ほど脱ぎ、虎の手ではなく人間の手を出した。錠剤を二つ押し出して机に転がす。

部屋の鍵で錠剤をがりがり砕き、白い粉へと変えていく。経験上、砕いた方が少し早く効きだすようだった。また、シロップに溶かしてから飲むことは、西尾にとってある種の儀式としての意味合いも帯びていた。然《しか》るべき手順を踏んでから使うことによって、ロロクリは単なる幻覚剤の類いではなく、大袈裟ながら神聖とも言える薬になるのだと、彼は自らに言い聞かせていた。

砕き終えた錠剤をグラスの底に落とすと、緑の小瓶を取り、キャップを廻して蓋を開けた。小瓶を傾け、グラスに紫のシロップを幾らか注ぎ込み、ボールペンで混ぜて粉末を溶かしていく。幻覚剤と鎮静剤を混ぜた飲料を西尾は一気に飲み干した。錠剤の苦味と甘ったるいシロップの組み合わせは、いつもながら美味しいとは言い難い。しかし、この匂いと舌に残る独特の味が心を落ち着かせてくれる。椅子から立ち、再び衣装を着て頭部も被り、床に敷き放しの布団に潜り込む。毛羽立った虎の衣装がちくちくと擽《くすぐ》ったい。

自分が一頭の虎になり、密林を駆ける姿を思い浮かべつつ、西尾は仰向けになって天井を眺める。当然、まだ視覚に異常はない。置き時計を枕元に引き寄せると、午前十時半だった。このまじっと待っていれば、遅くとも正午過ぎには虎になっている筈である。

衣装を血の通う肉体に変えて、虎の躰で西尾は外を歩いていた。枯れ野の只中には〈奇天座〉を囲う鉄製のフェンスが設けられており、有刺鉄線を張り巡らされた柵の外へ出るには申請が要るが、内部なら自由に歩くことができる。

柵の内と外を問わず、不法投棄された廃品が其処彼処《そこかしこ》に山を作っている。大まかに言うと、柵の内側には〈奇天座〉から出る生活塵《ごみ》が捨てられていて、外側には街から車で運び込まれる粗大塵が捨てられている。生活塵としては鳥や野良猫が好んで漁る残飯が、街の人間が不法投棄する粗大塵としては家具や建材、あるいは故障した家電製品などが挙げられる。

だが柵には幾つも穴が空いている。許可を取らずに外に出る住人もいれば、好奇心または非合法的な目的から〈奇天座〉に忍び込む者もいるため、内外の境界は曖昧になっており、塵の出処は正確には判定できない。

西尾は鳥の留まっている高い鉄柵に沿って内部を歩いていた。屋外を歩いていると気持ちがよく、これまで散歩を日課にしていなかったことが悔やまれた。ロロクリを使う際には、通説とは反するが、室内に籠もっているよりも、こうして外を歩く方が面白く、悪夢に囚われる危険も少ないのかも知れない。

また、鉄柵の内側とは言え、砂利を踏んで外を歩くことには、屋上に出ることとは比べ物にならない解放感があった。屋上では市街地が見えてしまうが、ここでは街も山々に遮られて見えず、〈奇天座〉の外の世界を忘れられそうだった。

幻覚剤の効果と眩《まばゆ》い光が影響を及ぼし合って、西尾の眺める世界では色という色が鮮やかさを増していた。黄色は勿論のこと、黒い縞すら輝いて映る優美な虎の肢体を揺すり、彼は雄々しい態度で歩き続ける。

塵の山の頂から狩人が自分を狙っている気がした。しかし、鼠に変身していた時のような恐怖はない。西尾は己の躰に誇りを持っていた。鼠の天敵は蛇であっても虎の天敵は狩人ではない。その気になれば、瞬く間に山頂まで駆け上がり、猟銃を構えた狩人など造作なく嚙み殺せるのだから。

飢えた猛獣の眼で辺りを睨み、西尾は塵や砂利を踏み締めながら進んでいく。心は快く昂揚していく一方だった。瞳孔が拡大しており、周囲では光が跳ね廻っている。発光するや否や煌めきは四方に放散され、光線はいつまでも消えずに残り、地面にも建造物の外壁にも、真昼にも輝く星座の獣たちが焼きついている。

西尾自身も星座の虎になりつつあった。体色はいっそう鮮やかになり、明るく輝き始め、虎から光の塊へと変容していく。肉体の輪郭を捉えようとしても、彼は自分を見つけられなかった。手を握ったり開いたりすれば、十指の動く感覚はあるし、掌に爪が食い込む痛みも感じられる。しかし眼で見ようとしても、そこに腕はなく、眼が潰れるほどに眩しい光線の束、灼《や》けるような白色の塊しか存在しない。

日陰に身を隠さなくてはならない。このままでは太陽の光と混じり吸収され、私は人でも獣でもなくなり、忽ち消えていなくなる。虎の肉体で闊歩《かっぽ》する自らの姿を思い描きつつ、西尾は堆積している塵の塊に向かって歩く。

裸足で駆けていた子供たちが、西尾の姿を見るなりあっという間に離れていった。それには構わず、残飯や鉄屑の散らばる地面に坐ると、彼は砂も泥も手当たり次第に摑み、塵と一緒に躰に擦りつけていった。

光線を放つ肉体を塵で汚してしまい、眼に見えるようにしたかった。光り輝く虎でありたかったのに、あまりに光が強くなり過ぎ、虎ですらなくなってしまった。黒い縞は薄れて橙色のなかに溶け、黒を呑んだ橙色はやがて白くなり、西尾の躰は閃光の集まりと化している。

虎の頭部を脱いで、遠くに放り投げた。虎に執着している場合ではない。衣装など役に立ちはしない。できるだけ早く躰を汚し、汚泥にまみれて光の発生を抑え、自分に戻らなくてはならない。我が身を眼で見なければ安心できない。

砂の上に坐ったまま西尾は辺りを見渡した。積み上げられた塵袋も、塵を漁る老人も、駆け廻る子供たちも、柵の下にスコップで穴を掘り、不法侵入しようとしている若い男も、西尾自身の五体も、どれも光を放つ光であり、両眼を潰したくなるほどに輝いていた。

胸の鼓動が速まっているのが分かる。それだけでなく、脈打つ音がなぜか周囲から聴こえてくる。塵の下に心臓が埋まっているかのようであり、今や自らの躰の内外も区別できなくなっていた。

このままでは本当に己を失うことになる。どこまでが私であり、どこからが私ではないのか分からない。地中に埋まった心臓も、頭蓋骨のなかで思考する脳も、やはり眩しい光を放っているのだろうか。この問いは問いとして成立しているか。幻覚剤の影響で生まれた、出来損ないの問いに過ぎないのではないか。

吐き気を堪《こら》えながら西尾は立ち上がり、塵袋の積まれている方へと歩く。真っ黒い塵袋である筈が、彼の眼には光の球の如く映っていた。だが、それが汚臭を纏う塵であることも知っている。塵の山の麓に辿り着くと、塵袋に肩から体当たりをして、どうにかして隙間に潜り込もうとする。塵と塵の間に身を捻《ね》じ込み、全身を圧迫させることで、肉体の輪郭を思い出そうと考えたのだった。

塵袋を掻き分けて、西尾は奥へ奥へと潜っていく。無数の塵袋に捏ね廻されているうちに目論見は功を奏し、活力に溢《あふ》れた虎の肉体が蘇ってきた。眼を瞑っていても、四肢や胴に黒い縞が浮き上がるのが感じられた。

突然、プルチネッラのことが頭をよぎった。プルチネッラの道化服にも、黄と黒の縞模様が描かれている。嫌な臭いを放つ塵に包まれて、さらに深く分け入ろうと試みながら、西尾の五体は極度の興奮によって貫かれた。虎の縞を介してプルチネッラと繫《つな》がっている如く思えたのである。

模様の相似を認識した途端、変身が始まった。塵芥《ちりあくた》のなかで虎は人の胎児のように身を丸め、羽化するための硬い蛹を拵えた。蜂になって飛び立つべく、眠りを求めて眼を固く瞑る。

眼が醒める頃には羽化が終わり、蜂と化しているに違いない。私は虎の模様の蛹を脱ぎ捨てて、プルチネッラの巣の同胞となり、ロロクリの花蜜を永遠に味わい続けるのだ。凡百の中毒者たちとは決別し、花蜜の流れに身を浸すことで、洗い清められた新しい躰を獲得するであろう。そう信じつつ西尾は眠りに落ちていった。


カメレオンの帽子を被り、椅子に胡座をかき、藤堂は大麻を味わっていた。外では日が暮れかけていて、山々に囲われた枯れ野は灰色に染まりつつあった。ベランダに眼を向ければ、鉢植えの大麻の葉が風に吹かれてさやさやと揺れている。

大麻を吸い、時に売って金を稼ぎ、残りは蛇の世話をするだけの、穏やかな日々を送っている。大麻の開花や錦蛇の脱皮が時間の流れている証だが、模型の製作会社を辞めて以来、他の万事は故意に、時の淀《よど》みの底へと沈ませてあった。

顔の前に垂れているカメレオンの舌が邪魔になったので、緩く結んでから頭の上に載せる。火は消さず、ジョイントを灰皿に置くと、藤堂は椅子から立ち、建築模型の近くに腰を下ろした。

縦も横も一メートル半ほどある、枯れ野を模したゴム製の土台の上に、フェンスが張り巡らされている。フェンスの内部には集合住宅の模型が犇めいており、その一部は建造物の塊となって高く積み上がっている。沢山の人々を収容するため、隙間という隙間にビルが建てられ、休みなく巨大化および緻密化を続けている迷宮、〈奇天座〉のミニチュアである。

ごく普通の高層マンションがあるかと思うと、その隣には円柱状の塔が聳え立っており、いつ落ちるとも分からぬ貧弱な橋が二棟を繋げている。倒壊していないことが不可解なほどに歪《いびつ》な形状をしているマンションも、天を目指して競い合う如く立っている。

あたかも多種の植物が茂っているかのようである。藤堂は自分や西尾の住んでいるビルに触れた。周囲の棟との間に架かっている、プラスチックの鉄橋を外してから、一棟丸ごと土台から引き抜いた。このビルの模型は階毎に分割可能であり、断面図を見られる作りになっていた。

〈奇天座〉の模型は未完成であるため、すべての棟が揃っている訳ではない。雑居ビルやマンションの密集している箇所もあるが、土台の上には空白地帯、手つかずの領域も残っている。外観は写実的に再現できていても、内部を覗けば空洞でしかない建物すら数多くある。

しかし、藤堂自身の暮らしているビルは、図面と現場での測量に基づいて、室内も含めて概《おおむ》ね完成させてある。今では間取りの変わっている部屋も多くあるだろうし、増築部分まで写せているかは心許ないが、満足のいく出来栄えではあった。

藤堂は模型を掲げ、廻転させせつつ外観を眺める。老朽化した質感もスプレー塗装や砂の接着によって再現されている。ベランダには小さな金属片から作った柵があり、眼を凝らしていると、同僚との作業風景が蘇ってくる。大麻の効果で彼女の眼差しは細部に固定されており、確かに西尾の言う通り模型に吸い込まれるかのようである。大麻だからこの程度で済んでいるが、強力な幻覚剤ロロクリの使用時に眺めたなら、余程深くまで誘い込まれてしまうに違いない。

しばらく外観だけを観察していたが、十一階にある自室を見ることにした。階数を数え、十二階から上を外してしまい、取り去った部分は逆さまにしてゴムの枯れ野に置いた。藤堂が住んでいるのは西に窓の設けられた角部屋である。模型の十一階の、西側に面している箇所を探してみると、ちゃんと自室があり、〈奇天座〉の立体模型は置かれていないものの、間取りまで忠実に再現されていた。

床には木目の印刷されたシールが貼られている。こうした細部を仕上げる作業は、かつて自分も担当していた。この棟においても、幾つかの部屋には藤堂自身が装飾を施している。

模型のフローリングを指先で撫で、辞めた仕事を懐かしく思い返してから、彼女は立ち上がった。食卓の前の椅子に坐り、再びジョイントを指で摘む。深く吸って煙を吐き、眼を瞑って瞼の裏側に熱を感じようとする。

背凭れに寄り掛かり、フリスビーのように帽子を投げると、藤堂はカメレオンへの変身を想像してみた。道化師のばら撒《ま》くロロクリの力など借りずとも、わざわざ妙な帽子を被らずとも、自ら育てた大麻のもたらす多幸感、精神の自在な運動によって、何にでも変身できるのではないか。

獲物の虫を待ち伏せして、長い舌を飛ばすようにして捕食する一匹のカメレオンになるべく、藤堂は閉じた瞼の裏で眼球をぎょろぎょろ動かした。だがその瞬間、扉が突然叩《たた》かれ、彼女は人間の眼を見開いた。

警察が来たのだろうか。藤堂はラーメン屋の店主の言葉を思い出した。ロロクリについて捜査をするため、わざわざ十一階まで足を運んだのか。プルチネッラは事件に巻き込まれて死んだのか。仮に警察であれば一巻の終わりである。部屋にある大麻は短時間で隠せる量ではない。

灰皿に溜まっている吸い殻や、部屋に置いてあるバッズを詰めたポリ袋は、急いでトイレに流したり、窓から捨てたりできるかも知れないが、ベランダとクローゼットには鉢植えが並んでいる。おまけに、模型のなかにも、半ば冗談で大麻樹脂を詰めてあり、こちらも忽ち発見されるに決まっている。

ここは〈奇天座〉だから逮捕される筈がない。警察なんて来やしない。自分を説き伏せつつ、藤堂は足音を殺して玄関に向かった。扉の覗き穴から廊下を見ると表情は緩んだ。警察官などおらず、その代わり、首から上は人間だが、虎の衣装を着込んでいる西尾が立っていた。

「びっくりさせないで」

そう言って扉を開き、部屋に招いた。しかし直ちに藤堂は異変に気づいた。西尾の顔は青白く、躰はがたがた震えていた。それに衣装はひどく汚れており、背中からは透明な翅まで生えていたのである。

洗面台に水を溜めて虎の衣装を浸すと、大量の洗剤を注ぎ、ついでに藤堂は自分の手も洗った。何という汚れ様であろうか。あちらこちらに染みがあり、頭部を欠いた虎のコスチュームは耐え難い悪臭を放っている。どうして彼は塵溜めを転げ廻ったりしたのか。

改めてロロクリには手を出すまいと決心した。どんなに大麻を吸おうとも塵に身を埋めたりはしない。ロロクリは人を人でない存在に変えてしまう。

汚れた虎の衣装には、ビニール傘を切って拵えたであろう自作の翅が、ガムテープで接着されていた。形と生え方から昆虫の翅であることは分かる。だが、西尾の意図はまったくもって不明であった。

洗面所からリビングへ戻り、ジョイントに火をつけ、西尾がシャワーを浴び終えるのを待つことにした。水槽を覗きに行くと、球体錦蛇は隅で身を丸めており、円《つぶ》らな瞳に部屋の灯りが映り込んでいた。

椅子に腰を掛けて、大量に吸い込んだ煙を徐々に吐き出していく。シャワーの音が止まり、ややあって、自分の貸したパジャマを着た西尾が、タオルで髪を拭きながらリビングに入ってきた。先の黒くなったジョイントを灰皿に載せ、藤堂は言った。

「で、何してたの」

「虎の蛹から羽化して、プルチネッラになったんだ」

西尾の眼差しは泳いでおり、定まっていなかったが、それでも自分の足でここまで歩いてきて、シャワーも浴びられたということは、幻覚剤の作用は随分弱まっている筈だった。

「全然分からないけど、今は大丈夫なのね」

「十時過ぎに飲んだから、そろそろ終わるんじゃないかな。君と話せてるし、まあ、平気だと思う」

「羽化ってあの変な翅のこと?」

「うん、塵のなかで翅を手に入れたんだ。おかしなことを言ってるのは百も承知さ。虎を蜂に作り替えようとして、莫迦《ばか》みたいに必死に翅を作っちゃった。傍《はた》から見ればおかしくて笑えるだろうけれど、実際、虎と蜂はとても近い。模様が一致していれば形なんて幾らでも変わっていく」

「ロロクリ、やっぱり絶対にやりたくないなあ。本当におかしいよ。おかしいことを自覚してるとか自覚してないとか関係ない。おかしいって自覚してるのに、あなたは塵溜めに溺《おぼ》れていたんだから」

「最初は虎だった。だけど段々光が溢れてきて、虎じゃいられなくなった。躰が急にぴかぴかと輝き始めて、何が何だか分からなくなって、塵のなかに逃げたんだ。光も差さない塵の奥深くで、僕は蛹を作って蜂になる夢を見た。幻覚剤の見せる夢だから夜の眠りに見る夢じゃない。夢のなかで蜂になって、要するに、僕はプルチネッラになった。ロロクリの源泉にこの身一つで接近したってことだ。不潔な塵のなかにこそ穢《けが》れのないものが隠れていて、僕は幸福だった。間違いなく幸福だった」

悪臭のするビニールから翅を拵えて幸福を摑み取るとは、莫迦莫迦しいにもほどがある。西尾の言葉を聞き、藤堂は悲しくなった。それと同時にロロクリを心の底から嫌悪した。塵で拵えた翅で蜂になり、麻薬の売人と同じ躰、素性も知れない道化師の躰を得ようとする欲望などは、藤堂には理解できなかったし、虫酸《むしず》の走る代物でさえあった。

話を続けたいとは思えず、彼女は言った。

「洗濯しようかと思ったけれど、虎の服、捨てちゃってもいい？　あの汚れ、きっと落ちないよ。頭もないみたいだし、もう虎でも何でもない。捨てておくから、今夜は眠ったらどうかな。布団は貸してあげる」

「ありがとう、そうさせてもらうよ。衣装も、うん、捨ててくれて構わない。欲しい服は自分で作ろうかな。蜂にもなれる虎じゃなくて、最初から蜂の衣装を用意すればいい。それならすぐにプルチネッラになれそうだ」

ジョイントを咥えて火をつけ直すと、藤堂は椅子から下りて、西尾に手渡すために近づきながら言った。

「寝る前に一服どう？」

西尾がジョイントを取り、微かに震える手で吸い始めたのを見て、藤堂は少しだけ安堵した。だが安堵するとともに、ここまでロククリに溺れてしまったら、そう長く生きられないのではないか、という憐憫《れんびん》も胸に浮かんできた。


塵捨て場から拾ってきたビニール傘を解体し、鋏《はさみ》で切り、西尾は新しく四枚の翅を作成した。油性ペンで翅脈《しみゃく》を描き込み、形が崩れないよう傘の骨も活用し、襤褸ではあるが翅らしい翅を拵えることができた。

結局、虎の衣装は名残惜しくて捨てられず、翅のみ作り直すことにしたのだった。黒い染みは残ったが、二度の洗濯によって、着ぐるみはある程度まで綺麗になった。西尾は虎から蜂を作るべく、手首から先を切断して猛獣の手を取り去り、同じように尻尾も切り落とし、可能な限り虎を蜂へと近づけていった。

無数の安全ピンでビニール製の翅を固定した、虎でもあり蜂でもある衣装を纏い、西尾は洗面所の鏡の前に立った。異臭漂う塵から生まれた翅も、虎の背中から生えていると不思議と立派に映る。

だが、意匠を凝らされたプルチネッラの衣装と比べれば、不出来なものではある。プルチネッラの背中に生えている、形の整った銀ラメ入りの翅を思い出せば、次第に自信も揺らいでくる。

鏡を覗き、西尾は道化の化粧を施すべきか思い悩んだ。今夜は、藤堂とSタワーと呼ばれる建物に行き、プルチネッラと会う予定が入っている。殺されている可能性もあるが、ロロクリで蜂に変身を遂げ、プルチネッラと一心同体になる快楽は是非とも欲しい。

それなら衣装を似せるのみでなく、顔には化粧をしておくべきではないか。しかし自分は化粧道具なんて持っていない。藤堂に相談しても、くだらないと一蹴されるに決まっている。白塗りは諦め、そろそろ藤堂と落ち合わねばならない。

虎の躰に昆虫の翅を生やした西尾は、翅を庇《かば》いながら洗面所を出ると、リビングに入ってロロクリの包装シートを取り、ポケットに押し込んだ。それから気が早いとは思いながらも、鎮静剤入りシロップの、最後の一瓶を飲み干してしまった。

プルチネッラは本当に死んだのかも知れないし、生きていたとしてもパーティーには顔を見せないかも知れない。だが期待は膨らんでいく。今夜は特別な集まりになるに違いない。私はプルチネッラと同じ衣装を着て、同じ場でロロクリを使うのだ。もしかすると、プルチネッラも皆の面前でロロクリを使い、私たち二人は同一の快楽に酔い痴れるのかも知れない。

玄関から廊下へ出た瞬間、自分が蜂の巣の内部にいるように感じられた。今すぐにロロクリを使って徘徊《はいかい》したくなったが、もう一匹の蜜蜂、プルチネッラに会うまでは我慢しようと思い、西尾は藤堂の部屋を目指して歩きだした。

廊下の突き当たりで、階段を上がってきた若い女性とぶつかりそうになり、咄嗟《とっさ》に道を譲った。仮装などしていない紺のセーターを着た女性は、足を止めて西尾の方を振り返った。

女性と眼が合い、西尾の心には気恥ずかしさが芽生えてきた。鎮静剤のシロップを空きっ腹に流し込み、翅が生えている虎のコスチュームを着込み、浮き足立って歩く男、それが今の私なのだ。この女の眼にはどれほど滑稽《こっけい》に映っているのか。かつては軽蔑すらしていた衝動、自分とは異なる存在を演じて、生まれ変わろうとする下卑た衝動に、今では無防備に身を委ねてしまっている。

一瞥《いちべつ》をくれ、何も言わずに若い女性が立ち去ったので、西尾も歩きだした。どの道止まれはしない。私は蜂の道化師プルチネッラになり、幻を行き渡らせる自分自身も幻じみた存在になり、全身を〈奇天座〉を巡る蜜の流れに浸したい。プルチネッラが死んだなら、私がプルチネッラになればいい。

西尾を連れて藤堂は〈古めかしい橋〉に向かっていた。待ち合わせの時間が間近に迫っている。気に入ってはいたものの、カメレオンの帽子は被っていない。

西尾の様子を見て、絶対にロロクリは使わないと決めた上、動物に仮装する連中に仲間入りするのも心底嫌になった。蜥蜴男との約束も、忘れた振りをしたいと思ったが、西尾が熱心に行きたがっていたので、藤堂もプルチネッラの安否を確かめに行くことにした。

後ろを歩く西尾は異様な出で立ちだった。染みだらけの虎の衣装を纏っているにも拘わらず、本人は綺麗になったと思い込んでいる。さらに、虎の背中には、塵以外の何物でもない翅が生えている。西尾は塵を身につけて、架空の生き物、異形の存在に変身してしまった。

プルチネッラが生存しているとして、果たして現在の西尾を会わせていいのだろうか。明らかに心の均衡が崩れている。しかし足は止まらない。濃密に漂う嫌な予感が却《かえ》って藤堂の歩みを速めていた。香を焚《た》いている占い師や、注射器を床に並べ、時を計る如く端から順々に打ち込んでいく、覚醒剤の中毒者など、坐り込んでいる人々を避けて、彼女は十五階へと階段を上り続ける。

踊り場に屯して客引きの機会を窺っている、数人の売春婦も、売春婦であるのか、敢《あ》えて売春婦役を演じているのか分からない。空になった瓶を揺すり、酔いに任せて独り言を呟いている老爺も同様である。実際には老爺ではなく、化粧で老いを装っているだけなのかも知れない。支離滅裂に聞こえる独り言も練習の賜物《たまもの》であり、台本を正確に暗唱しているのかも知れない。

歩きながら藤堂は考えを巡らせる。私は〈奇天座〉で長く暮らし過ぎたのか。人と役の区別がつかず、世界と舞台の区別がつかず、両者の間に境があるのかどうかも、今では確信を持てずにいる。私はどこから〈奇天座〉に来たのか。模型の製作会社に勤めていたことは紛れもない事実なのか。

藤堂は思索を続け、問いに問いを重ねていく。蛇を飼い、大麻を栽培している私、藤堂飛鳥は実在するのか。〈奇天座〉という舞台を歩き廻る生命のないマネキン人形、それが私だという可能性はないか。手にも足にも輝く糸が結ばれており、操り人形のように天から操られているのではないか。

すべてが途方もない喜劇のなかにあり、際限もなく人形芝居が繰り広げられているだけなのだとしたら、藤堂飛鳥とは誰なのか。こんな不安を抱えるなんて私らしくもないが、そもそも私なんてどこにも存在しないのだとしたら、私は何を考え、どんな言葉を口にすればいいのか。

パーカーのポケットに手を入れて、ジョイントを収めてあるケースを握り、藤堂は気持ちを落ち着かせる。いざとなったら大麻を吸えばいい。そうすれば無益な問いも一斉に沈黙させられる。

蜥蜴に仮装した男と藤堂が、喋《しゃべ》りながら前を歩いている。出会い頭《がしら》に簡単な挨拶を済ませた西尾は、鎮静剤のもたらす倦怠《けんたい》と昂揚の混じった酔いを愉しみ、二人の後を追って〈古めかしい橋〉を渡っていく。

種々の愛玩動物を眺めつつ鉄橋を渡り、蜥蜴の衣装を着た男と藤堂に続き、西尾はビルに入った。このビルは自分や藤堂の生活する棟の隣に建っているため、しばしば訪れるが、いつもは三階の橋を渡って食事に来る程度である。

十五階の様子は、二階などの飲食店の集まる階とは違っていた。整形外科の医院もあれば、扉の前に保育室の看板を出している部屋もあった。鎮静剤で朦朧《もうろう》とする頭を揺すりながら歩き、西尾は蜥蜴男に尋ねる。

「しばらく歩きますか?」

尻尾で壁を擦って振り向くと、蜥蜴男は言った。

「ああ、まだしばらく掛かる。帰り道も古めかしい橋の辺りまで送っていくよ。あと六つ橋を渡るから、ロロクリを使って帰るのは無理だ」

西尾は立ち止まり、蜥蜴に呑まれている男の眼を見て言った。

「プルチネッラは来るでしょうか。死んだって噂もありますが」

「ああ、根拠はないが俺は信じてる。長いこと待たされて、皆、お預けを喰らってる状態だし、約束通りに来てくれないと困る。勝手に死ぬなんて以《もっ》ての外だ。それよりあんた、その狂った服はどうした? 背中の塵屑《ごみくず》は翅か?」

失礼な奴だと思いながら西尾は言った。

「見ての通り、プルチネッラの仮装をしています」

西尾の姿を上から下まで眺め、蜥蜴男は言った。

「まあ、言われてみれば、見えないこともないか」

足を止め、靴紐を結びつつ、藤堂が言った。

「この人、ロロクリが好きで頭おかしくなってるの。動物の真似をする筈が、売人の恰好をするようになっちゃった。まあ、でも、ロロクリで動物に変身するより、色々段階をすっ飛ばして、ロロクリの売人そのものに変身する方が、手っ取り早いのかも知れないね」

「僕が薬を買ってる、あのプルチネッラになりたいというよりは、ロロクリの出処と繋がっていて、ロロクリの流れに身を置いている存在になりたいんだ」

西尾が言うと、藤堂は挑むような眼をして言った。

「プルチネッラになりたいっていう欲求が初めにあって、理屈はその後で無理矢理に捏《でっ》ち上《あ》げたんじゃないの？　最近の西尾君、何が何でもプルチネッラになりたがっているようにしか見えないけど」

プルチネッラになることが究極の目的なのではないと、藤堂に説明したかったが、言葉が出てこなかった。自分は麻薬を独占したいだけなのだろうか。プルチネッラに変身してロロクリの在《あ》り処《か》を突き止め、一人で千錠でも万錠でも飲んでしまいたいのだろうか。

医師の言いつけは守るようにしていた。冬野昴は木の椅子に坐り、上腕式血圧計のカフに腕を圧迫させ、自ら血圧を測定する。今日も起床後一時間以内の測定であり、冬野は機器のマニュアルに従って血圧を測ると、かかりつけ医に言われた通り手帳に数値を書き留めた。

測定器を机の中央に押し遣り、個包装されている降圧薬をコップの真水で飲んだ。それから冬野は立ち上がり、スリッパをぱたぱた鳴らして台所に行く。サイフォンで淹れてある珈琲を飲みたかった。

ロートを外したフラスコを流しに置いて、マグカップを用意した。熱くなっているサイフォンのスタンドを握り、フラスコからカップに珈琲を注ぐと、彼は立ったままその場で啜り始めた。息を吹きかけて冷ましながら珈琲を味わい、陶器のマグカップを、リビングにある机の上、血圧計の隣に置いた。〈奇天座〉に診療所を構えている主治医からは、一日に三杯までと言われているが、彼はこの言いつけも遵守していた。

昨日の深夜に食べ残した、粥《かゆ》状のオートミールをスプーンで頬張ってから、冬野は仕事の準備に取り掛かった。着ているパジャマを脱ぎ、タンクトップとブリーフ姿になってから、椅子の背凭れに掛けてある作業服を取って着用する。

施設管理人や掃除夫などを思わせる作業服であるが、冬野の仕事は施設管理人でもなければ掃除夫でもなかった。この服装、何の変哲もない薄い青色の繋ぎは、仕事に向かうための変装であるに過ぎず、正確には現在、冬野は仕事の準備というよりも、準備のための準備をしている。

上下の繋がっている作業服を纏い、清掃員に擬態した冬野は、雑巾、小型モップ、ゴム手袋、それから中性洗剤などを詰め込んである、プラスチックのバケツを携えて部屋から出ていった。

今はまだ午前中であり、夜ほど多くの住人が歩いている時間帯ではない。昼の光の照らすマンションの廊下を進み、バケツの中身をかたかた鳴らしながら階段を下り、冬野は屋外へ踏み出した。

ブルーシートの上にバッグや腕時計などの、盗品や贋物《にせもの》ばかりが出品されている、閑散とした蚤《のみ》の市《いち》を突っ切り、事務所と呼ばれている屋外倉庫を目指して歩く。

マンションの裏手にある目当ての屋外倉庫、赤く錆びついた緑色の物置の正面まで来ると、冬野はさりげなく周囲を見渡し、尾行してきた者がいないことを確認する。確認が済むと、ズボンの尻ポケットから鍵を出して、物置の引き戸を開き、事務所のなかに入った。

外観は物置であるにも拘わらず、内装はオフィスの一室のように改装されており、内側からも施錠できるようになっている。冬野は鍵を掛け、バケツを床に下ろした。これで漸く清掃員の芝居をやめられる。

壁には三着、プルチネッラの道化服が掛かっている。また、こちらも専用の合鍵を必要とするが、地下の収納庫に下りていくためのハッチもあり、地下にはロロクリと鎮静剤のシロップの詰まった段ボール箱が幾つも積まれている。

同僚の制服を誤って着るなどまずないが、道化服の襟を捲って名前の刺繍《ししゅう》を見る。〈神田〉でも〈亘理〉でもなく、〈冬野〉と刺繍が入っていることを確かめてから袖を通した。

冬野は神田と亘理、二人の同僚の存在を頼もしく感じていた。プルチネッラは自分だけではない、という事実に安らぎを覚えるのであった。危ない橋を渡っているのは私一人じゃない。皆、手に手を取り合って橋の上にいる。この衣装を纏っている時、私は私をやめて私たちになる。孤独と無縁であるばかりか、老いとも無縁である如く思える。プルチネッラはただ一つの命など宿してはおらず、複数の身代わりを抱えており、したがって老いることも死ぬこともない。部屋の隅に設置された姿見の前で、ストレッチを兼ねてポーズを取り、彼は道化への変身を進めていく。

油を顔に塗り、水に溶いた白粉《おしろい》で顔を覆い、冬野昴を消してプルチネッラの顔面を出現させる。何という解放感であろうか。私はこれを望み、この瞬間のために生きている。化粧を仕上げると、冬野は続いて変身に不可欠な薬物、ロロクリを服用すると決めた。

売人の彼が使うのは商品でなく、錠剤に染み込ませる前の原液であった。錠剤とは比べ物にならないほど高純度であるため、仕事日に大量に摂取する訳にはいかない。プルチネッラという人物を壊さずに、道化師の人格を保つことのできる、ぎりぎりの量を摂取することが肝要だった。あくまで仕事は仕事であり、細心の注意を払わねば思わぬ罠《わな》に落ちることもある。稀有《けう》な麻薬を売らされている以上、危険は数限りなく存在すると考えていい。

デスクの上の、雇用人から支給された革製の旅行鞄を開き、小さな試験管を取ってコルク栓を外すと、鏡を横眼で見ながら、スポイトで一滴だけ舌に垂らした。原液を舌で受けるなり、胸には悦楽の火が灯る。

幻覚剤が効果を発揮し、私は蜂の道化プルチネッラです、と迷いなく断言できる、至上の時間が間もなく訪れる。鏡に映る道化は泣いており、気がつけば冬野の頬には涙が伝っていた。

泣いていることを自覚した途端に、涙は勢いよく流れ始め、視界は歪《ゆが》み、周囲には光が溢れるようになった。光の一粒一粒が蜂になって飛んでいる如く見えた。冬野は蜂の血族に加わる瞬間を待ちつつ、この日の大まかな予定、売り歩きの経路についておさらいをすることにした。

何という茶番だろうか。藤堂は今すぐ帰りたいと思いながらも、大麻を吸って気を紛らし、部屋の中心から周囲を見渡していた。壁を取り壊して、二つか三つの部屋を繋げて造られた空間に、蜥蜴男と彼の仲間たちが蠢《うごめ》いている。

居ても立っても居られなくなってきた。人々が懸命に動物に変身しようとしている光景はあまりに浅ましく、眺めていると軽蔑の念が湧いてくるのだった。継《つ》ぎ接《は》ぎの目立つ布製の翼を手で揺らして歩く、蝙蝠《コウモリ》の少女などは特に、傍から見ているだけで気恥ずかしくなってくる。

蜥蜴に始まって、兜虫《カブトムシ》、蠍《サソリ》、蝙蝠、猿、豹《ヒョウ》、獅子、水牛など、様々な生物が集い、それぞれロクリを服用し、部屋を所狭しと歩き廻っている。肝心のプルチネッラは来ていない。参加者たちは道化の到着を待たずしてロロクリ錠剤を飲み、手前勝手に演技を始めたのであった。

身の周りを眺めていると、プルチネッラがロロクリという薬を持ち込んだことで、初めて〈奇天座〉は完成したのだと理解できた。部屋は奇天烈《きてれつ》な劇場と化しており、薬を摂取した役者たちが己ならざるものを演じている。

襤褸傘を背中から生やしている西尾の姿は、一目見て主役だと分かった。虫や獣に取り囲まれつつも、彼だけは何を真似しているのか不明であり、強いて喩《たと》えるならば背中に無数の傘を刺され、死にかけている虎のようである。

西尾は窓辺に立ち、花柄のカーテンに見惚《みと》れていた。直立して微動だにせず布地を凝視しており、その様子は建築模型を見ている時と同様であった。カーテンの表面に広がる一面の花畑を蜜蜂の姿で舞っているに違いない。

ロロクリを使ったことがないため、藤堂には想像するしかないが、各々がなりたい存在になり、自分の見たい世界を見出し、全身全霊で没入している。ここでは幸福が実現されていると言っていい。欠点をあげつらったり、躍起になって欺瞞《ぎまん》を暴こうとしたりすることは、要らぬお節介でしかない。しかし、それでも彼女は苛立《いらだ》たずにはいられない。

この部屋は、兜虫の蠢く雑木林ではないし、蠍の潜伏する砂漠でもない。黄ばんだ着ぐるみ姿の猛獣、獅子男や豹女も、顔を真っ黒く塗り潰して、頭から湾曲した角を生やしている中年の水牛男も、木製の骨格に布を張っただけの、粗末な翼を背負っている蝙蝠の少女も、誰も彼も正体は単なる三文役者である。

ロロクリの効果が切れたなら、芝居の幕も下ろされると決まっている。その時点で役者は楽屋に引き返し、衣装を脱いで元の自分に戻るより外にない。大切な幻覚剤を使い尽くしてしまえば、道化師が現れるのを待つばかりとなる。

西尾が花柄のカーテンから離れ、これ見よがしに、背中の翅を揺すりながら部屋を横切っていった。藤堂の姿など見えていないかのようである。立派な角がなければ、黒い布で身を包んでいるに過ぎない男、兜虫の中年に近づこうとしていたが、藤堂は西尾を引き留めた。

「もう帰ろう。プルチネッラなんて来ないじゃない」

没頭している世界から現実へと引き摺り出されて、見るからに迷惑そうな顔をして西尾は言った。

「そのうち来るんじゃないか。君も大麻ばっかり吸ってないでさ、今日はロロクリをやってみればいいのに。初めてやるには打ってつけの日だ」

藤堂は声を潜めて言った。

「要らないって。一緒に遊びたくないもの。ちなみに西尾君、念のために言っておくけれど、あなたの恰好、ここにいる人のなかでも飛び抜けていかれてるから。でも、別にいい。好きにしたらいいよ。取り返しのつかないことが起こる前に、私だけでも帰っちゃおうかな」

「それは困る。君は部屋に帰れても、僕には無理だ。そろそろ本格的に効きだして、何もかも分からなくなる筈だから」

「蜥蜴の彼に頼んで送ってもらいなよ。私はこれ以上ここにいたくない。蛇の世話もしなくちゃいけないし」

そう言って見遣れば、蜥蜴男はベッドに俯せになっており、衣装の袖を捲り上げ、両腕を見つめていた。藤堂はその仕草から推し量る。岩肌に寝そべり日向《ひなた》ぼっこでもしているつもりなのだろうか。肌が鱗を生じさせ、爬虫類の皮膚に変わっていく様を観察しているのかも知れない。

虎の死骸の如き姿の西尾が言った。

「しょうがないか。折角ロロクリをやってるのに、こっちも気が散っちゃうし、君が戻りたいならそうするしかない」

「薬を使って動物の真似をするよりも、飼ってみる方が楽しいと思う。帰り道に橋で綺麗な蛇でも探してみたら？　飼育の仕方、教えてあげる」

ジョイントの先を壁に擦りつけて、藤堂は火を消した。コンクリートが剝き出しになっている壁に、うっすら焦げ跡が残った。吸い殻を捨てると、パーティー会場から出ることにした。

寝転がっている水牛の顔を跨ぎ、藤堂は玄関へと歩いていく。ロロクリに溺れてはいても、仮装はしていなかった頃の西尾に戻ってほしい。白い角のみ巧みに作られている、顔を黒く塗った水牛の姿は、直視できないほど無様であるが、傘の残骸を翅と思い込んでいる西尾も同類であった。失望を抱きつつ扉を開き、彼女は動物もどきの溜まり場を後にする。

藤堂が立ち去るや否や、世界に疑問を挟む者がいなくなったことで、西尾の世界は一挙に最盛期に突入した。彼は疑いなく蜂になっており、翅を震わせて花咲き乱れる野原を舞っていた。すでに西尾は、蜥蜴男に招かれた部屋にいなかった。花畑の上空を飛んでいたかと思いきや、いつの間にか蜜蜂から虎へと変身を遂げていて、花々を踏み、泰然として歩んでいる。虎の躰で散歩をしていたが、再び蜜蜂の翅が背中から生えてきた。猛獣の肉は骨格ごと急速に縮んでいき、西尾は小さな昆虫の躰でふわりと舞い上がった。蜜や花粉を得るため、巧みに翅を操り、花弁の上に着陸しようとしたが、気づけば、またしても蜂でなく虎の躰になり、晴天の花畑に寝そべっている。

花柄のカーテンに顔を埋め、西尾は眼を瞑り他の動物のことを考える。同じ部屋に集まってはいるが、今頃は各人が異なる世界を逍遥《しょうよう》しているのであろう。夜の森林で樹液を味わう兜虫を見つけ、食べてしまったかも知れない蝙蝠や、山岳地帯を跳ねる猿など、皆の姿を西尾は次から次へと想像した。木登りの得意な豹は、今まさに猿を襲っている最中かも知れない。

虎の躰で花畑に横たわり、西尾は天敵のいない自らの幸運に感謝していた。ここに蛇はいないし、自分も鼠ではない。獅子の仮装で百獣の王になった男も、同じように安心して幻を愉しんでいるに違いない。

西尾は自分の手をじっくりと眺めた。着ぐるみの手首から先は切断してあるのに、掌には肉球が盛り上がっており、鋭い爪も伸びていた。まやかしの衣装でなく本物の肉食獣の躰を手に入れたのだった。

虎から蜂へ、蜂から虎へ、翅を得たり失ったりと、交互に変身を繰り返し、昂揚に身を委ねつつも、西尾は時おり醒めた意識で思索する。自分もプルチネッラになった暁には、今のように家畜の如く幻想を貪るのみでなく、幻覚剤を運び、愉しい時間を皆に与える、牧人としての務めも果たさければならないのだ。

やがて玄関の扉を叩く音が響き、甘やかな幻は破られた。西尾は人の躰で窓硝子とカーテンの間に立っていた。幻想が破られたことに失望する暇もなく、西尾は歓喜に燃え上がった。漸く主役が到着したのである。玄関から入ってきて、プルチネッラは陽気な調子で言った。

「こんばんは、皆様ごきげんよう。宴もたけなわといったところでしょうか？　もうひと盛り上がりしてもらおうと、追加のロロクリを持ってきました。いつもご贔屓《ひいき》にしていただいている、大切な皆様のためですから、今夜に限って、半額でロロクリをお売りいたします。さあ、半額です、ええ、半額でございます！」

西尾は言葉もなく、蜥蜴男たちの部屋に立ち尽くしていた。しかしプルチネッラの蜂の衣装に焦点を合わせると、四方の壁は遠のいていき、他の登場人物の姿も消え、色様々な花弁が再び視界に舞い始めた。

花畑にいるのは西尾とプルチネッラのみだった。二匹の蜜蜂が邂逅《かいこう》したのである。視界は絶えず変化しており、プルチネッラの衣装の縞模様は生きているように動き、両者ともに背中の翅を唸《うな》りを立てて振動させている。

　プルチネッラに歩み寄り、西尾は言った。

「やっぱり生きていたんだね」

　少しばかり背が縮み、痩せてしまい、さらには気の所為か、加齢まで進んだように見えるプルチネッラが言った。

「おかしなことを仰いますね。死んだことなんてまだ一度もありませんよ。それより旦那様、一体何ですかい、その恰好は？」

「これは蜂だよ。君の真似をしたくて」

　プルチネッラは白塗りの顔を顰《しか》めて言った。

「率直に申し上げまして、まったく蜂には見えないのですが、まあ、いいでしょう。今夜はいかがなさいますか？　他の追随を許さない最高品質のロロクリ、そんなこと言っても、私の他にこれを売れる者はいませんが、まあ言わせてくださいませ。最高品質のロロクリを、出血大サービス、半分のお値段で提供いたします」

　半額で購入できる機会など二度と訪れないかも知れない。だが所持金は殆ど残っていない。西尾が決断を躊躇《ためら》っていると、蠍の衣装を着た女が、西尾とプルチネッラの立っている花畑に踏み込んできた。忽ち花々は枯れてしまい、辺りは荒涼たる砂地に変わっていく。

　蠍女は光沢のある黒いラバースーツを着ていた。顔だけが露出しており、両手には巨大な鋏がついていて、先端に毒針のある尻尾が臀部《でんぶ》から生えていた。ロロクリの効果でそう見えるに違いないが、まるで神経が通っているかの如く、尻尾はうねうね揺れ動いている。

抑揚のない声で蠍女は言った。

「ねえ、プルチネッラさん、もっと沢山のロロクリが欲しいのですが、私にも売ってくれますよね」

プルチネッラが蠍女の方を振り返って言った。

「勿論です。今ここで飲むもよし、後日飲むもよし。何と言っても半額ですからね。たんまり買い込んでおくのがお勧めです」

西尾は胸騒ぎを感じた。幻覚の源、ロロクリを所持しているプルチネッラこそが、部屋に強い影響力を及ぼす筈である。それにも拘わらず、すべての花が枯れており、黄土色の砂が床を覆い尽くし、フローリングはぼろぼろに朽ちていて、板の隙間から水のように砂が湧き続けている。

砂を黒いブーツで踏み躙《にじ》りつつ、蠍女が言った。

「ところで、ロロクリの工場ってどこにあるんでしょうか。半額で買うより、ただで盗めちゃうなら、そっちの方が断然いいと思って。差し支えなければ、場所を教えてくださいませんか？」

プルチネッラは毅然《きぜん》として撥ねつけた。

「それは教えられませんね。私は蜂の道化師プルチネッラでございます。休む暇なく飛び廻って、こうしてあなたたちに花の蜜をお届けしているのです。お尻に針を持つお仲間ではありますが、よく考えてみてください。蠍に蜜は集められないでしょう？　蠍は肉食ですから、花なんかに興味はない筈だ。いいですか？　ロロクリを配るのは私の仕事なのです。ですから誠に申し訳ありませんが、ロロクリを作っている場所は教えられません」

薄ら笑いを口元に浮かべ、蠍女は大きな鋏のついた手を片方、プルチネッラの方へ差し出した。

西尾はプルチネッラから離れて窓辺に戻り、二人の遣り取りを見守っていた。

鋏の先をプルチネッラに向けて、蠍女は冷たく言い放った。

「教えてくれないなら殺してしまうけれど、文句ないですね」

「いえ、あなた」

道化の言葉を消すように銃声が響く。プルチネッラは前のめりに倒れ、血が砂地に流れ出した。白塗りの顔を苦痛に歪め、しばらくは獣の如く呻いていたが、そのうちぴくりとも動かなくなった。

西尾は理解した。あれは噂ではなく預言だったらしい。プルチネッラが殺された。主役の死を悟るなり、舞台に幕が下りてしまった。砂も花も等しく消え失せ、西尾は窓硝子に背中を預けて立ち、色褪《いろあ》せたカーテンを摑み、無造作に転がっている死体を見つめていた。

誰もが呆気《あっけ》に取られるなか、蠍女は手袋を脱ぐように、悠々と鋏を外し、ぽとり、ぽとり、と、片方ずつ床に落としていった。右手には黒い銃を握っている。どうやら銃を隠すためにコスチュームを用意したらしい。蠍の猛毒は尻尾の先端でなく、鋏のなかのリボルバーに装塡《そうてん》されていたのである。

玄関へと歩いていく蠍女を、西尾は追いかけることができなかった。俯せに倒れて夥しく血を流す道化師の亡骸《なきがら》に、自分自身の死を見つめ、我が身に何が起こったのか知ろうとする。

道化服を血に染めて倒れている、プルチネッラの死体を眺め下ろしているうちに、西尾の胸には希望が湧いてきた。翅を得た蜂が蛹から飛び立つように、死体の背中を破り、そこから新しいプルチネッラとして、生まれ変わった自分が出てくる如く思えてならなかった。

スカピーノと自然の摂理

ある夏の夜、戸田定之は自らの名を捨て、道化のスカピーノを名乗ることに決めた。工場での夜勤に行きたくないあまり、今この瞬間に、自分以外の誰かになり、全部放棄してしまおうと考えたのだった。

まずは名残惜しくもあるが、親から貰《もら》った戸田定之を捨てねばならなかった。戸田定之とは、労働者として登録簿に記載されている名前であり、この名を名乗る限り、工場からも、工場長からも、逃れることはできない。

そこで戸田は自身をスカピーノと命名し、新たな登場人物、自由奔放に生きられる道化として世界に置き直してやった。ブリゲッラでも構わなかったし、トゥルファルディーノでも構わなかったが、やはりスカピーノが気に入っていた。幼い頃に家族で観たミュージカルに出てきた、踊りの達者な痩せ形の道化と同じ名前である。

次に道化服を用意する必要があった。真夜中に飛び立つからには、蛾《ガ》を模した衣装がふさわしい。戸田を捨てたスカピーノは、蛾の道化に変身するべく、寝床に脱ぎ捨ててあったパジャマを床に広げ、工場から持ち出してきたスプレー缶を振ると、焦げ茶色を噴霧し始めた。

しゅう、しゅう、しゅうっと、丹念に、焦げ茶色をパジャマに吹きつけていく。床も汚れていくが、スカピーノにとって現在、変身の行われつつあるこの部屋は、蛾の繭に包まれており、どんなに汚れようとも内部が様変わりしていくことは好ましく、心から歓迎すべきであった。

塗料の刺激臭は耐え難かった。だがこの臭いも変身が行われている証であり、室外に逃してはならないように思えた。スカピーノは窓も開けず、それどころか進んで刺激臭を鼻腔に招き入れ、乾いた咳《せき》を繰り返しながら、爛々《らんらん》と瞳を輝かせ、自らの衣装、夜空に舞い上がるための翅《はね》を拵《こしら》える。

上下のパジャマを表裏ともに茶色く塗り替えると、右手に橙色《だいだい》のスプレーを、左手に白のスプレーを、それぞれ握り締め、少しずつ噴霧していった。眼状紋や翅脈《しみゃく》を描き足し、ついに仕上げまで終わらせた。

塗料が乾くのも待たず、スカピーノは衣装を纏《まと》ってみた。洗面所の鏡の前に立ち、己の姿をしげしげ眺める。茶色い襤褸《ぼろ》と化したパジャマは、黴《かび》の生えてきた枯れ葉のようであり、蛾の翅の如《ごと》く見えないこともない。しかしどうしても道化服には見えなかった。月夜に舞う蛾の道化になるなら、さらに一工夫しなければいけない。

道化は洗面所を出て、素足で床に付着した塗料を踏み、白と橙色を取りに行った。やがて鏡の前に戻ると、白のスプレー缶を振り、ノズルの先を自分の顔に向けた。眼を瞑《つむ》り、息を深く吸って止め、勢いよく吹きつけだした。

数秒間、顔に白を噴霧してから眼を開き、スカピーノは本物の道化になっていく自分を鏡のなかに見た。続けて橙色のスプレーで左手を汚し、塗料を口の周りに塗りたくった。道化の顔が出来上がった。

鏡に映る白塗りの顔面の、橙色に染まった口元を歪《ゆが》め、にっこりと笑顔を作り、スカピーノは言い放った。

「あっしはスカピーノ、真夏の夜にあっちこっちへ、ひらひら自在に飛ぶ、蛾の道化でございます！」

自分の本当の名を口に出すのは初めてだった。スカピーノと発声するなり躰に力が漲《みなぎ》ってきた。これならどこまでも飛んでゆける。工場で働かずとも済み、工員向けの老朽化した団地とはお別れであり、もはや町に留《とど》まる理由もなくなった。

鏡を見ながら操り人形の如く跳躍すると、スカピーノは玄関まで行き、スニーカーを素足で履いて外へ出た。扉を乱暴に閉めて叫ぶ。

「あっしはスカピーノなのさ！」

スカピーノという新しい名と、その名の響く新しい世界のみ真実だった。戸田定之を名乗って生きてきた、三十年間のすべてが、どろどろとした虚偽の塊でしかなかった。スカピーノという、高い音が結晶している如き、輝く鉱石を思わせる名前、投げ上げて夜空の星にもつけてやりたくなる名前、この名前が、戸田定之を跡形なく消し去り、スカピーノは、故郷の親も、二人いる兄も、あれもこれも意識の隅で丸め、屑籠《くずかご》に放り、団地の廊下を流れ星になって駆けていった。

「お伺いしたいんですがね、あっしでいいのかね？　それともおいらの方が道化らしいのかね？　いや、あたくしかね？　道化ってのはどんな風に喋《しゃべ》るものなのかね？　誰か親切な方、語りの調子を教えてくださいまし！　敬語を使って慇懃《いんぎん》無礼に話すべきかね？　それともあえて不躾《ぶしつけ》な言葉遣いで遠慮なく、ずけずけと話すべきかね？　一体どっちなんだい？　まあ、どっちでもいいや。あっしはスカピーノ、生まれたての赤ん坊道化だもの。言葉だっていろはから学ばせていただきます」

喋るために喋ることが愉快で仕方なく、道化は舌を動かし、唾を飛ばし、独り言を喚《わめ》いて走る。時おりスキップも交ぜ、衣装の裾をはためかせ、夜風で塗料を乾かしつつ、大袈裟《おおげさ》な身振りで廊下を疾走する。

団地の階段を三階から一階まで下り、遊具の河馬も栗鼠《リス》も眠りこけている児童公園を抜け、スカピーノは街灯の照らす道路に飛び出した。人影はなく一台の自動車も通らない。街路樹の欅《けやき》が葉を揺らすのみである。

どこへ行ってもいいのだが、ゆえに、どこへ行っていいのか分からない。工場勤務を辞め、町を去るにあたって、やり残したことはあるか。考えてみても、一つとして思い浮かばない。町に関する記憶はどれも戸田定之の所有する記憶であり、愛着のある場所も、最後に会っておきたい人々も、羽化したばかりの道化、スカピーノには存在しないのだった。しかしそうかと言って、どこかに憧れの土地がある訳でもない。

折角翅を得たというのに、飛び立てはしなかった。躰は硬くなり、靴の底は地面から離れようとしない。熱帯夜の蒸し暑さと蟬《セミ》の鳴き声だけが時間を埋めていた。噴き出す汗が塗料に混じり、衣装を皮膚にぴたりと張りつかせる。

悩んだ挙句、工場をこっそり覗《のぞ》きに行くことにした。ここからでも見える一本の煙突が、赤い光をちかちか明滅させ、蛾を招いていた。工場を中心に据えて作られた小さな町であるため、際立ったものを探せば、自然と煙突が眼に入ってしまう。

夜空を見上げ、煙突の方へ、工場の方へと爪先を向けた途端、足は再び軽やかに動きだした。なぜ辞めるのに工場を覗くのか。それは、自分が働かなくても何も変化せず、誰にも迷惑は掛からない、という事実を確かめておきたいからだ。

煙突の上部に点滅している赤色の輝きに魅せられて、道化は足早に歩いていく。町に越してきてから六年、平日は殆《ほとん》ど毎日歩いてきた道である。戸田定之の歩いた道を、今夜はスカピーノが、あっしは戸田ではございません、この足は道化の足でありまして、工場労働者の足ではないのですよ、などと喋りながら歩く。

種々の鉄屑や銅線の束に取り囲まれて、ショベルカーが置いてある、産業廃棄物処理場の前を通り過ぎる。それから近道を行くべく、自動車や大量の家電製品が不法投棄されている林に入る。道化は口笛を吹き、夜の林を歩く心細さを和らげる。浮浪者の寝床に眼を遣《や》りつつ、雑木林を突っ切り、工場まで続く幅の広い一本道に出た。

寝静まった町において眩《まばゆ》い光を発しているのは、前方に見える工場のみだった。道化の眼にはサーカスのテントの如く映り、決別しに来たのも半ば忘れ、気持ちは昂揚《こうよう》し、胸は高鳴っていた。

一本道を進み、近くまで来ると、サーカスのテントではなく、普段と変わらぬ巨大な工場が聳《そび》え立っていた。敷地は三百メートル四方ほどあり、棟の中心から伸びている煙突は、高さ百三十メートルにも達している。辞めると決めてしまえば、自分が働いていたとは信じられなくなる位に、大きく堂々たる建造物だった。

フェンス越しに外から窺《うかが》うと、一階から三階まである作業場のみでなく、五階にある事務所にも明かりが灯っていた。監督官が視察および指導に来ているのかも知れない。だとすれば工場長も働いている筈《はず》である。

スカピーノは正門を避けて車両出入口に足を向けた。もっと見ておきたかった。工場の息遣いに耳を澄ましてみたかった。内部で労働者として喘《あえ》ぐ代わりに、外部から観察者として眺められるとは、何たる幸福であろうか。

閉じ込められていない時の工場など恐るるに足らずであった。外にいれば閃光《せんこう》からも騒音からも守られる。おまけに工場長と彼の手下たち、現場主任や班長から怒鳴られ、殴打される虞《おそれ》もない。従順かつ卑屈に振る舞わなくていい。車両出入口の方に廻《まわ》り込みつつ、道化は夜更けの自由、解放の喜びを味わっていた。だが、夜間には閉ざされている車両出入口の柵に攀《よ》じ登り、敷地内に飛び下りた瞬間、スカピーノは光線によって捕らえられてしまった。三人の男が懐中電灯を照射してきたのだった。

「こんばんは戸田君。漸《ようや》く現れたか。待ちくたびれたよ」

暗くて姿は判然としないが、工場長の声だった。二人の男を左右に従え、ゆっくりと歩み寄る工場長は、懐中電灯で自らを照らし、よく見えるようにしてくれた。

スカピーノは思わず退き、鉄柵に背中を預けた。懐中電灯で照らされた工場長の姿は予想だにしないものであった。怪獣または恐竜の着ぐるみに身を包んでいたのである。奇妙なのは工場長ばかりでない。両脇にいる二人の男も同様の着ぐるみを纏い、尻から太い尾の生えた銀色の怪獣になり切っている。

「これはね、ヤモリ、ニホンヤモリのコスチュームさ」

言われてみればヤモリである。四肢の指先は丸々としており、似せようとした努力は感じられる。しかし二足歩行する様は異様であった。

三頭の怪獣はラバー製の尻尾を、重たげにずるりずるりと引き摺《ず》り、足並みを揃《そろ》えて接近してきた。工場長の左右を歩く二人の男は、衣装のみならず顔まで互いに似通っている。工場長は明瞭な発声で、呆然《ぼうぜん》として動けずにいるスカピーノに、諭すようにして語り続ける。

「つまり、君は蛾になって飛ぼうとしたのだね、戸田君？　けれどもそれはこちらも予想していた行動なんだ。とっくの昔に。自分が特別だと思っちゃいかん。君が思いつくことなら誰でも思いつく。だってそりゃそうだろう？　君が思いつくんだから私も思いつく。理屈は分かるね？　うむ、そうだ。誰かの考えることは他の誰かも考えている。当たり前だ。何せ一人一人の思想は皆の思想だから。人は一人ではあり得ず、常に皆として存在するのだな、きっと。一人一人の従業員などどこにもおらず、工場だけが存在しているように。それで、それでだ、蛾になって現れる君を、私はヤモリになって待ち伏せすることにした。至極簡単な思いつきだ」

三頭の怪獣と鉄柵の間で挟み撃ちにされてしまった。立ち止まった工場長の顔は銀色の怪獣、人間大のヤモリの口に呑《の》まれている。額の上にヤモリの眼球があり、金属製の煌めく二枚の円盤は、獲物の様子を探る如くこちらを見つめている。

「このコスチュームは密《ひそ》かに製作していたんだ。君は地下があることに気づいていなかったね。地下で作っていたんだ、私とこの二人で。言わば、安直な発想で蛾になった君を、安直な発想でヤモリになった私たちが罰するという訳だ。知っているかね？　ヤモリたちは夜、自動販売機や外灯に張りついていて、光に誘われてきた蛾をぱくりと食べちまう。君も今日は工場の光に誘《おび》き寄せられたんだろ？　はっはっはっ、いや、恥じることはないよ。君は蛾なんだから自然なことじゃないか。そして私はヤモリであって、これまた自然なことだ。摂理という言葉を使いたくなる」

工場長は隣の男、おそらくは現場主任の一人に懐中電灯を渡し、自身は腰のポケットから拳銃を取り出した。拳銃は嘘《うそ》っぽく金色に輝いており、子供向けの玩具であるのは明らかだった。

工場長は再びポケットをまさぐった。出した手を開くと弾丸が一つ載っていた。銃と同じく偽物臭い金色をしている。銃と弾を示し、工場長は苦笑を浮かべた。現場主任と思われる二人の男も、工場長も、今更ながらヤモリの扮装に照れている様子だった。スカピーノの胸に安堵《あんど》が込み上げた。

穏やかな気分で瞼《まぶた》を閉じ、耳を澄ました。フライス盤、直立ボール盤、平面研削盤、汎用旋盤など、使い慣れた工作機械の音が混じり合い、外まで聞こえてくる。ますます安堵に満たされていく。

しかし再び眼を開くと、工場長は眉間に皺《しわ》を寄せ、厳格な顔を作っていた。工場内で見せる顔だった。衣装のヤモリのようにぎらぎら光る、狩人じみた眼つきで玩具のリボルバーに弾を込め始めた。二人の男も左右から照らし、緊張した面持ちでシリンダーへの装塡を手伝っている。

これが現実の出来事であるにせよ、小道具を用いた芝居の一幕であるにせよ、今こそ道化の声と口調で命乞いをする時だった。精一杯演じなくてはいけない。日頃から口にしていた、単なるご機嫌取りの言葉ではない、本物の道化の言葉を喋らなくては。だがスカピーノの喉はひどく渇いており、舌は石になり口笛すら吹けず、道化は道化を失格していた。

装塡を終えた銃を見せびらかして工場長は言った。

「ピストルも地下で造ったんだ。弾だってそうだ。ちゃんと発射できるといいんだが、どうなるだろう。ヤモリが蛾を待ち伏せして、ぱんっと撃ち殺したら、それこそ摂理という言葉の似合う場面じゃないかね」

ヤモリの構えた拳銃から弾丸が射出され、スカピーノは倒れ伏した。敷地内の道路に夥《おびただ》しい量の血が流れ、一匹の蛾の血液は、勾配に従って、徐々に工場の方へと近づいていった。

愚天童子と双子の獣たち

I

十五歳の双子、光《ひかる》と言海《ことみ》は、砂漠に棲《す》む双子の獣の役を演じている。

二人とも毛皮の外套《がいとう》に身を包み、ジャッカルを模した被《かぶ》り物を着用し、迫りと呼ばれる昇降装置で床面ごと舞台に上るように指示されている。双子のジャッカルたちは地中から這《は》い出して、砂丘に坐《すわ》る老爺《ろうや》へ食料を届ける役である。

砂漠で展開するこの物語においては、枯れ木のように痩せこけた老爺が主役を務めている。だが、彼は自らが劇に奉仕する役であることも、世界と見做《みな》している空間が実は劇場でしかないことも、何一つ知らず偽りの生を生きている。

老爺は愚天童子と名づけられているが、彼は自分の名すら知ることなく、砂の上に打ち捨てられた無名の裸身として、二頭のジャッカルが届ける僅《わず》かな食料を頼りに、辛《かろ》うじて命脈を繋《つな》いでいるのだった。

出番が迫り、舞台の下層に設けられた楽屋にて、光と言海はこの日もコスチュームに着替えていた。床を擦《こす》るほど丈の長いマントを羽織り、姿見の前でくるりと廻《まわ》り、己の姿を確認してから、言海は双子の弟の光に言った。

「光、行かなきゃ」

ジャッカルの剝製から作られた、被り物の獣の口から顔を覗《のぞ》かせて、光は姉の言海に言った。

「分かってるって。いつもどおり、鶏肉とコップの水を持っていこう。僕は鶏肉の皿を運ぶから、言海はコップをお願い」

「ねえ、台本にもそう書いてあったの？　私が水で、光が鶏肉？　今日の分、私、まだ読んでないや」

「僕も読んでない。どうせいつもと同じだよ。舞台に上って、僕が肉を食べさせて、言海が水を飲ませて、あとは適当にお喋《しゃべ》りするだけさ」

「詰まらないお喋りの部分も、この頃は即興でやるようになっちゃったね。台本なんて読むだけ無駄っていうか、即興でも変わらないもの」

「仕方ないよ。だって、言っちゃ悪いけど本当に詰まんないしさ、特に喋る意味ないことばかりだから。天気の話だとか、肉の焼き具合の話だとか、言う必要のないことしか言わないのに、いちいち台本なんて読んでられない。暗唱するのも大変だし、とにかく死ぬほど詰まらないんだから」

眼球の代わりに硝子《ガラス》玉を嵌《は》めてある、耳の大きな狐《キツネ》のような、ジャッカルの頭部を被り、言海は愚痴っぽく呻《うめ》くようにして言った。

「本当にねえ。誰が書いてんだろうね、あの台本。毎日机の上に置いてあるけれど、決定的なことは何も言わないから、話が進んでいかないよ。あの人、未だに自分が舞台にいるって知らないんだよね？　幾ら何でも可哀想じゃないかな。こんな出来の悪い物語に付き合わされて、自分は砂漠にいるって信じていて、言葉を話す獣から施しを受けて生きるだなんて、はっきり言ってすっごく哀れ」

鶏肉の照り焼きの皿を、配膳用の盆に載せると、光は言った。

「返す返すも杜撰《ずさん》な設定だよね。どういう意味があるんだろう。砂漠に独りぼっちの老人の世話を、二匹のジャッカルがしている。これだけでも、何の意味もない物語だって分かるじゃないか」

「二足歩行をして、人の言葉まで話してるジャッカルが、こんがりと火の通った肉を持って、ご丁寧にコップに汲《く》まれた水を運んでいく。こんなの莫迦莫迦《ばかばか》しいにもほどがあるでしょ」

盆を両手で胸の前に持ち、壁掛け時計を見ながら光は言った。

「愚天童子さんだけが、芝居って知らされてないなんて、まったく公平じゃないし、確かに幾ら何でも可哀想だ」

「それどころか、あの人、自分の名前が愚天童子だってことも知らないみたいだね。私たちが何度呼んでも、分かってないというか、すぐ忘れちゃうというか」

「本物の砂漠に独りぼっちでいるってことだ」

「もう何日砂漠にいるのかな」

「分からない。でも、僕たちがジャッカル役に志願して演じ始めてから、少なくとも百日位は経ってると思う。その間あの人は一度も舞台から下りてない。もしかすると僕たちの前にも、食事を届ける動物がいたのかも知れないし、何千日とあそこにいたっておかしくない」

「双子のコヨーテとか？」

「うん、ジャッカルの前はコヨーテだったかも」

鏡の前に立ち、ジャッカルの耳をぴんと立たせると、真水の汲まれたコップを握って言海は言った。

「それって絶望そのものなんじゃないの」

「多分そうだろうね」

「あの人、本当の名前とか知ってるのかしら」

「本当の名前って？」

「役の名前じゃない、本当の名前のこと。双子の獣Aとか、双子の獣Bとか、そういう台本に書かれてる名前じゃなくて」

「いいや、愚天童子さんは舞台に上る前の、本当の自分の名前なんて覚えていないと思う。仮に覚えているなら、動き廻ったり騒いだりして、舞台から下りようとする筈《はず》だから」

「そっか、そうだよね。だからあの人、本当に、本物の砂漠に生きてるんだね。さっき私が莫迦莫迦しいって言い切った世界に、自分が誰かも分からないまま、裸で、ずっと生きてるってことだ」

「うん、砂漠に独りぼっちで、二匹のジャッカルの他に話し相手もいなくて、お腹を空かせながら生き続けてる」

がっくりと項垂《うなだ》れて、獣の頭を落としそうになりつつ、言海は言った。

「それってやっぱり、絶望そのものだ」

正午が近づいていた。被り物の牙の生え揃《そろ》った口から、顔を露出させている、姉の眼を見据えて光は言った。

「言海、時間だよ。行こう」

「分かった。ねえ、光、即興で言う台詞《せりふ》で、どうにか愚天童子さんに、これがただのお芝居で、いつまでも付き合ってる必要はない、って教えられないかな。偽の砂漠を去るのも、役を捨てるのも、全部あなたの自由だって伝えたい」

鶏肉の盆を片手で支え、もう一方の手で、言海のために楽屋の扉を押し開き、光は言った。

「伝えても仕方ないいんじゃないかな。だって、何も覚えてないいんだ。これは芝居だって言われたって、芝居の外にある現実を知らないいんじゃ、おそらくどこへも行けないよ。今のあなたはただの役だから、本当のあなたに戻って帰りなさい、なんて言われても、それも台本の言葉として響くだけだ。僕たちの口から出る言葉は、彼に少しの影響も与えられない気がする」

「悲観的だね。でも悲しいけれど、もしかすると、お芝居って知らない人がいることも含めて、これってそういうお芝居なのかも知れない」

そう言いながら言海が楽屋から出ると、照明を落としてから光も退室し、後ろ手で扉を閉めた。盆を再び両手で胸の前に持って彼は言った。

「折角、双子のジャッカルの役を貰《もら》えたんだから、僕たちは僕たちのことを考えよう。役を脱いで生身になっても、帰る場所なんてどこにもないっていう点では、僕たちも愚天童子さんと変わらない」

寂しそうに微笑《ほほえ》みを浮かべ、言海は光に言葉を返すことなく歩きだした。マントの裾を引き摺《ず》って歩く姉の背中を追い、光も、盆から皿を落とさないように注意して、廊下の突き当たりに向かって歩く。そこには昇降機があり、刳《く》り貫《ぬ》かれた舞台の床に乗ってボタンを押せば、すぐさま砂漠の只中《ただなか》に登場できる。

昇降機付近の壁に取り付けられた、大きな鏡に自分の姿を映し、変身が済んでいることを確かめ、安堵を味わいながら光は言った。

「うん、大丈夫だ。言海、ボタンを押すからね」

鏡の方を振り返り、二頭のジャッカルが並び立つ様を見るなり、言海も自らの変身に満足して言った。

「私たち、今日もちゃんと双子の獣だね」

II

☆

場所

果てしなく広がる砂漠の片隅

登場人物

愚天童子
双子の獣Ａ
双子の獣Ｂ

☆

生命の気配なき一面の砂漠、小さな砂丘に老いた男が坐っている。男は一糸纏《まと》わぬ裸体であり、顔や肉体を見れば老人には違いないのだが、眼に映るものすべてに心奪われる子供の如《ごと》く爛々《らんらん》と瞳を輝かせている。
男が胡座《あぐら》をかいている砂丘の頂には、枯れ木のように見える金属の柱が、一本だけ突き立てられている。枝分かれしている箇所に、プラスチック製の白いプレートが掛かっていて、そこには黒い文字で愚天童子と記されている。裸の男が誰か知る唯一の手掛かりなのだが、それが彼の名であるかどうかは定かでない。

愚天童子　ああ、空腹だ、死ぬほどの空腹。二匹の獣が姿を現さなければ、今日こそ死んじまう。だが死を恐れる理由も別に見当たらない。俺は俺が誰か知らないし、ここがどこか知らないし、今がいつかも知らずにいる。死ぬのだとしても、一体誰が死ぬのか、俺にだって分かりゃしない。

乾いた風が吹き荒《すさ》び、老いた裸の男は身震いする。身の周りの砂を手で掬《すく》うと、あたかも水浴びをする如く上半身にかけ始める。

愚天童子 俺は砂を浴びて躰を洗う。それに糞《くそ》も砂のなかにする。獣がくれる美味しいご飯で腹を膨らませて、穴を掘り砂のなかに糞を垂れる。ここで食事をして、ここで排泄《はいせつ》をして、おそらく俺はここで死ぬだろう。

背後から物音が聞こえ、男は枯れ木の如き金属柱の方を振り返る。双子の獣が来たことを悟り、歓喜の表情を浮かべて立ち上がる。柱の傍らに佇《たたず》み、砂丘を登ってくる二頭の獣に呼びかける。

愚天童子 おおい！ やっと来てくれたのかい、獣ちゃんよう！ 本当にありがとよ、いつもいつも感謝してるとも。さあさあ、そのまま登っておいで。転ばないように足元に気をつけて。

双子の獣Ａ （砂丘の頂を踏み締めて）わおおん！ わおおん！

双子の獣Ｂ （獣Ａの隣に並び立って）わおおん！ わおおん！

飲み水の汲まれたガラスのコップを握る雌のジャッカルと、料理の皿が載った盆を持つ雄のジャッカルは、隣り合って砂丘の頂に立ち、二頭とも裸の男を見つめている。男は金属製の木の幹を摑《つか》んで立ち、ジャッカルたちを正面から眺める。

愚天童子　今日も鶏肉と水なのかね？　いつものご飯を待ち侘《わ》びて、だらりだらり涎《よだれ》が止まらないぞ。

双子の獣B　ええ、愚天童子さん、今日も鶏の照り焼きです。

双子の獣A　飲み水も一緒にどうぞ。暑い砂漠にいると喉が渇きますから、ちゃんと水分を摂ってください。

愚天童子　（木に掛かったプレートを指ではじきながら）確かに、ここには愚天童子と書いてある。しかし、俺が愚天童子だと決めつけられては困る。眼を醒ましたら俺はこの砂漠にいたんだ。愚天童子なんて奴は知らない。

双子の獣B　（盆を差し出して）いいえ、あなたは愚天童子さんですよ。でもまあ、まずはお食事をどうぞ。

愚天童子　（皿の上の鶏肉を手で摑み）ありがとう、獣ちゃん。俺は俺のことを微塵《みじん》も知らないんだ。

双子の獣A　（コップを手渡しつつ）さあ、お水も召し上がってください。

愚天童子　（コップを受け取り、鶏肉を頰張り）自分が誰かなんてどうでもいい。俺はこの砂漠に生まれた、誰でもない裸の男で、自分の年齢すら知らん。死にかけの老人なんだろうが、記憶がないんだから殆《ほと》ど赤ん坊みたいなものさ。

裸の男は、鶏の照り焼きを素手でがつがつ食べ、時おり咽《む》せそうになると、コップの水とともに飲み下す。男が肉を貪っている間、二頭のジャッカルは、金属製の木の周囲をわんわん吠《ほ》えながら廻り続ける。

愚天童子　（食事を終えて口元を手で拭い）なあ、獣ちゃんたちよ、おまえたちこそ何者なんだ？　いつも何の義理で俺に食事を運んでくれるんだ？　おまえたちは俺を見殺しにして、屍肉でも食べた方がいい筈だ。おまえたちにとっては俺こそが最良の食料じゃないのか？

双子の獣A　（直立して隣のBの方を向き）わおおん！　わおおん！

双子の獣B　（直立して隣のAの方を向き）わおおん！　わおおん！

愚天童子　恩義は感じてるよ。おまえたちのお蔭《かげ》で、俺は死なずに生きていられてる。だが、教えてくれ。コップの水はどこから汲んできているんだ？　どこかにオアシスでもあるのか。それに、鶏肉はどこで調理した？　その牙で仕留めた獲物じゃないのかね。火が通ってるのはなぜなんだ。

双子の獣A　（愚天童子から眼を逸らして）わおおん！　わおおん！

双子の獣B　（配膳盆を地面に置きながら）わおおん！　わおおん！

愚天童子　（獣たちに聞こえぬよう小声で）まともな質問を投げかけると、ほら見ろ、これだ。急に言葉を喋らなくなって、遠吠えでごまかしやがる。

双子の獣B　（Aの耳元で囁《ささや》く）ねえねえ、言海、今日の愚天童子さん、いつもより鋭いよね。どこまでちゃんと答えていいんだろう。どうしようか？

双子の獣A　（Bの耳に手を添えて囁き返す）結局さ、お芝居ってばらしていいのか、ばらしちゃいけないのか、それが分からないのよね。ここは舞台の上で、あなたは愚天童子の役で、私たちは双子のジャッカルを演じてる十五歳の双子で、名前は言海と光だって、はっきり言ってもいいのかな？

双子の獣B　（同じようにAの耳に手を添えて）教えたら、この人、舞台から下りちゃうだろうから、言わない方がいいんじゃないのかな。この太陽は偽物で、よく見ると舞台照明で、夜が来るのも単に電気を消したからだ、なんて、暴露しない方がいいと思う。

愚天童子　（木の裏に廻ってから呟く）何やら密談を始めやがった。こそこそと人間の言葉で喋りまくってるぞ。いやはや、何が何だか分からん。俺は誰なんだ？　ここはどこで今はいつだ？　どうして俺は素っ裸でいる？　律儀に俺に食事を運ぶ獣たちは一体？　狼《オオカミ》みてえな、狼の双子みてえな、こいつらは何のつもりで、どこからここに来てるんだ？

双子の獣A　（Bに囁き続ける）光、そろそろ楽屋に戻ろうよ。今日の演技は終わり。お芝居だって勘づかれる前に退散しよう。本当は全部ばらしてあげたい気分だけど、私たちも私たちの役を演じ切らないと。

双子の獣B　（同様に囁き返す）うん、とにかく食事は届けたから、死ぬことはない。これで充分だ。僕たちが真面目に演技を続けている限り、愚天童子さんが命を落とす可能性はないんだ。よし、それじゃ、言海が先に叫んでくれるかい。

双子の獣A　（愚天童子の方を見て）わおおん！　わおおん！

双子の獣B　（愚天童子の方を見て）わおおん！　わおおん！

咆哮《ほうこう》を合図に、二頭のジャッカルは帰り支度に取り掛かる。雌のジャッカルは男の手からコップを取り、雄のジャッカルは砂の上から配膳盆を持ち上げる。金属製の木を中心に、男の周りを幾度か廻ったのち、二頭揃って砂丘を駆け下りていく。獣たちは瞬く間に姿を消してしまい、砂丘には老いた男と一本の木のみ残る。

愚天童子　いなくなっちまった。俺は独りだ。だが消化が済んで糞が出る頃になれば、再び獣どもは姿を現す。どうやらそれが俺の人生らしい。

金属製の木に掛けられたネームプレートを見て、男は悲しげに溜《た》め息をつく。それから根元に坐り、緩慢な動作で胡座をかく。男が眼を瞑《つむ》ると同時に照明が落ちて、砂漠には夕暮れもなく夜が訪れる。

——幕——

III

暗い夜が訪れた。俺はまた独り砂の山に坐ってる。何も見えない完全な暗闇に独り坐ってる。星の一つも見えやしない。そんなものはないからだ。獣も去っていった。当然だが、あの二人が獣じゃないことは分かってる。あんなのは本物の獣じゃない。これは夜空じゃないから星だってない。そんなことは俺にだって分かる。そこまで莫迦じゃない俺は。自分で自分が分からないというのは本当だが、それでも獣じゃないのは一目瞭然だ。あんまり莫迦にされては困る。餓鬼どもが粗末な衣装を着て、一生懸命に演技をしているだけ。まるでお遊戯会だ。まったくもってくだらない。狼ごっこをして遠吠えするのが精一杯で、他は人間と変わらない。普通に言葉を話してる。演じるってことが分かっていない。無様な劇ではあるが、俺はあいつらに合わせてやってる。芝居だと見破ってることは噯《おくび》にも出さない。奴らの演技に付き合ってやる。餓鬼どもは食事を運んでくる。それで俺は生き永らえる。だが、生き続ける意味は分からない。本当に自分が生きているのかも分からない。俺はここで何をしてる？　この砂漠、いや、砂漠を模した舞台の上で、俺は、俺は、何をしてる？　ところでこの独白も台本に書かれてるのか？　俺は俺の言葉で喋ってるのか、それとも誰かに吹き込まれた言葉を、意味も分からずに喋ってるだけなのか？　俺は俺なのか、または俺は俺じゃないのか分からない。分かりようがない。俺は俺を知らないんだから分かる筈もない。何かを知ることなんて俺には一生ないだろう。もう老人なんだ。先も長くない。俺はこれが誰の言葉なのか分からない。実際のところ誰が喋っているのか。喋るのは俺か、それともおまえか。言ってるのか言わされてるのか、そもそもこの二者択一が妥当なのか分からない。俺は操り人形なのか？　暗闇に言葉を放る絡繰《からく》り人形の類いなのか？　かたかたと顎を鳴らして、腹話術師の言葉を自分が言っているかのように見せかける、そういう哀れな人形なのか？　この喉から吐き出される空気と、舌の動きが作る言葉は、誰の言葉なのか。確かに俺の言葉に違いないように思える。俺が自分の意思で喋ってると考えてよさそうだ。だがそれが絶対に間違ってることも確信している。俺は俺が分からず、この言葉を発する俺が分からず、俺と言ってみたところで、砂にまみれている、老いさらばえたこの肉体以外には、何も指し示すことができない。この肉体が俺なのか？　僅かばかりの鶏肉を美味しそうに食べて、砂のなかに何度も何度も糞をするこの肉体が、果たして俺なのか？　なぜ俺はこんなに老いているのか？　長く生きた記憶も実感もなくそれでも老いるなど可能なのか。あり得るとかあり得ないとか、そんなこととは一切関係なく、ここに俺の、老人の躰がある。それが事実だ。俺は長く生きたらしい。記憶もなく、実感もなく、あまりにも長く生き過ぎたらしい。そんなことあり得るのか？　あり得ないのかも知れないが、皺《しわ》の刻まれた躰は厳然としてここにある。疑ってみたって仕方ない。俺は老人の口で老人の舌を動かして言葉を発し続けている。こういったすべてに何か意味はあるのか。俺は無意味を意味する意味なのだろう。考えるのは自由だ。どんなに莫迦げた仮説でも、考えることは自由だ。自由というものに価値があるのかどうか知らないが、価値などなくても自由は自由だ。自由が存在しなくたって自由は自由だ。自由という言葉が何も意味していない時でさえ、自由は自由だ。俺は如何《いか》なる経験も積まずに老成してしまった。俺は老いた赤ん坊だ。俺は自由だ。愚天童子とは俺の名前なのだろう。だが俺は愚天童子であると言ったところで、それは俺の心に何の感動も起こさない。俺は愚天童子だと声に出す。その次に、俺は愚天童子じゃないと声に出す。ほら、何も変わらない。どっちも同じだ。同じことだ。この芝居を作った奴は誰なんだ。台本を書いた阿呆《あほう》は誰だ。愚天童子という記憶の薄れた老人、記憶がないと言いつつも、様々な語彙で内省やら独白やらに耽る老人と、大根役者の餓鬼どもが演じる獣。登場人物は、ただそれだけ。これの何が面白い。どういう意図がある？　何を描いているのか。意味がぎゅうぎゅうに詰まっているのか。あるいは空っぽで、だだっ広い砂漠のように、どこにも意味なんて落ちてなくて、すべて無意味を意味する意味なき意味なのか？　俺は何を言ってる？　誰か俺の声を聞いている奴はいるか？　幕が下りて照明も消えた闇のなかで私語する、この俺の声を聞いている奴はいるか？　客はいるのか？　この劇に観客は？　演じても演じても一度も客の反応を聞いたことがない。笑い声の一つも返ってこない。これは本当に劇なのか？　俺は誰に向けて喋っているのか。この言葉はどこで生まれてどこへ消えるのか。俺の声を聞く奴はいるか。俺は誰かに届く声を発しているか。三秒待ったが返事なし。ひょっとすると、誰もいない空虚のなかにこの劇場があり、劇場の内部も空虚に満たされているのかも知れない。だが、結局すべては仮説。確かなことはこの俺、老いた肉体が一つ、砂の山に捨てられていて、何も分からずに分からないまま言葉を闇のなかに投げている、ただそれだけ。それだけは事実だ。しかしそれさえ嘘《うそ》かも知れない。俺は愚天童子なのかも知れないし、愚天童子ではないのかも知れない。俺は自分が誰だか知らないままに、嘘を本当と信じ込みながら喋り続けている。そして逆もまた然《しか》り。本当のことを嘘と信じながら喋り続けている。誰かこの口に砂を詰めて俺を黙らせてくれ。今吐いた言葉も、台本に書かれている言葉なのか、それとも俺が自由に喋っている言葉なのか、それすら俺には判断できず、ただ言葉を垂れ流している。糞を垂れ流すように言葉を垂れ流す。砂を掘って穴のなかに言葉を垂れ流す。この砂のみ俺の持ち物だ。俺が手に摑んで自分のものだと絶叫できるのはこの砂だけ。砂以外には何もない。俺の名前は俺の名前じゃない。俺の言葉は俺の言葉じゃない。しかし、この砂は俺のもの。もっと全身で砂を浴びるんだ。ああ、砂に寝転がるのは気持ちがいい。俺が死んだら勿論《もちろん》遺体は砂に深く埋めてほしい。あの餓鬼どもは埋葬までやってくれるだろうか。獣を演じている餓鬼どもは、せっせと砂を掘って俺を埋葬してくれるだろうか。あるいはの鉄屑みたいな木が俺の墓標になるなら、やはり愚天童子が俺の名前ってことになる。この戒名か。戒名としては悪くない。愚天童子ここに眠る、か。悪くない。悪くない。悪くない。俺の名前は分からないが、俺の戒名は愚天童子で構わない。愚天童子、獣たちによってこの地に埋葬される、か。悪くないぞ。この砂漠が俺の生まれた場所であり死に場所でもある。ああ、悪くない。俺は舞台で生まれて殆ど動かず舞台で死ぬ。悪くない。ちっとも悪くない。だが待て。役の死は俺の死じゃない。俺が死んで獣たちに埋葬されたところで、おそらくそれは俺の死にはならない。死んで愚天童子の名を得るのは俺の役であり俺ではない。死ぬのは俺の影だ。身代わりだ。俺じゃない。死ぬのは俺じゃない。どうせ俺は死ねやしない。そんなに俺は死にたがってるのか。俺は死のうとしてるのか？　きっとそうだ。俺は死にたがっている。この砂の山の天辺で、二匹の獣に看取られながら、死のうとしているらしい。死を望んでいるらしい。だが、それこそ陳腐な芝居ではないのか。そうだ、それこそが、台本に書かれている筋書きに違いない。実際、もう何ヶ月ここにいるのか分からない。獣が持ってくる乏しい食事で何とか命を保っているが、見ろ、この手足を。死にかけている。枝のようだ。俺が死んで獣たちが俺の墓を作ることが、この劇の終わりなのだとしたら、すべてに合点がいく。砂に突き刺さってるこの鉄屑も、愚天童子の名札も、すべてに合点がいく。誰かが俺を滅ぼそうとしている。何日もかけてじわじわ衰弱させて。誰かが俺を殺して愚天童子に変えようとしている。俺は死ねば愚天童子になる。今の俺は愚天童子じゃない。死んで愚天童子になる。餓鬼どもの演じる獣たちは俺の墓を作り、それから長く長く、弔いの遠吠えをするだろう。夢のようだ。砂の海を照らす月明かりの下で、二頭の獣が悲しみに満ちた叫びを上げる。愚天童子となった俺の亡骸《なきがら》は、砂のなかで腐敗せずゆっくりと骨だけになっていく。

言葉の海から

1

言海《ことみ》は、言葉の海から生まれた少女。

柔らかく可塑性に富み、冒頭から結末まで歩き通せば、再び輪郭を失って言葉の海に溶けていく。

2

光《ひかる》も、その名に違《たが》わず、光を放つ、光から生まれた少年。

光が言海を照らせば、言海も光に反射光を投げかける。互いを照らして互いを認め、双子の関係が実現される。

3

双子の姿は、鏡映しのように似通っている。

言海は光の映る鏡であり、光は言海の映る鏡である。

4

光がいなければ言海はいない。

言海がいなければ光はいない。

互いを照らして互いを認め、そうして初めて命を得る。

5

光は双子の姉である言海に言った。

「また本が書かれてるね」

言海も双子の弟である光に言った。

「うん、私たちは私たちを書く声で」

「書かれる声で」

「お喋《しゃべ》りする子供の声は」

「突然の沈黙でもあって」

6

双子が揃《そろ》って口を噤《つぐ》むなら、沈黙は訪れるのか。

訪れない。揃って口を噤んだと書き記してしまえば、その描写は黒い字となり白い紙を汚してしまう。どうしても沈黙は訪れない。

沈黙を書くことはできない。

書いてしまえば、沈黙は沈黙という言葉になる。

7

では、文字一つない純白の紙を示すなら、沈黙は。

そう単純ではない。画廊に展示された白紙が単なる白紙としては鑑賞されず、俄《にわか》に意味を帯びてしまうように、完全な白は黒より黒い白を見せ、却《かえ》って饒舌《じょうぜつ》に語り始めてしまう。

8

したがって、双子は黙っている時でさえ囁《ささや》き合っている。
この空間では、黒は白と、白は黒と、常に共存している。
同じ箇所に黒と白があるが、混ざって灰色が生まれることはない。

9

書物という、空間であって空間でない空間に、言葉が紡がれていく。

10

「この本は何を言ってるのかな」
「この本に書かれてないことが、この本の言いたいことなのかも」
「それはつまり」
「私たちのお喋りは、喋っていない時間を際立たせるためにある」
「そうかも知れない」
「きっとそう」
「ちょっと黙ってみようか」
「うん」
「せえの」

11

言海は唇に人差し指を当て、眼を見開いて黙り込んだ。双子の姉の真似をして光も黙ってみたものの、なぜか息まで止めてしまった。

12

「ぷはっ」

光が思わず息継ぎをして、十秒も経たずに沈黙は破られた。

13

しゃがみ込み、胡座《あぐら》をかき、光は言った。

「ここにいるからには、黙ってないで喋り続けなきゃ」

言海も光の隣に坐《すわ》って言った。

「沈黙を際立たせること、それが私たちの役割だから」

「休まず喋る」

「言うことがなくたって」

「言うことがないからこそ」
「いつまでも」
「声で静けさを乱して」
「不意に訪れる沈黙を」

14

辺りは眩《まばゆ》い輝きに満たされており、互いの姿を除いて見えるものは何もない。地面も存在しないのに胡座をかいて坐れるとは妙だが、言海も光も、この空間には慣れている。

15

言葉の海から生まれて、書物のなかで遊び戯れる。遊び疲れると、双子は再び言葉の海へ還《かえ》っていく。

16

坐る向きを変え、胡座をかいたまま二人は背中合わせになった。これで互いの姿も見えなくなり、背骨の擦《こす》れる感触のみ残る。

眩い光のなかに言葉を放り続ける。

「言っても言っても」

「聞いてほしいのは言えないことの方で」

「それでも言い続けなくちゃいけなくて」

「私の言葉を」

「僕の言葉を」

「言ってはみるけど」

「ただ言ってるだけで」

17

双子は立ち上がり、再び向かい合って話しだした。

「ただ言ってるだけって何だか虚《むな》しい」

「それが本なんだから、仕方がないよ」

18

この黒のボールペン。尖端《せんたん》に埋め込まれた金属球が廻転《かいてん》すると、紙にインクが滲《にじ》み出して線が生じる。線は文字となり言葉となり、書物のなかに、双子の声や躰が刻み込まれる。

19

子供の頃から誤った持ち方を続けているため、私の右手中指の第一関節には、ぷっくりとペン胼胝《だこ》ができている。

20

文字が眺められる。意味が読み取られる。
言海と光が姿を現して、親しげに言葉を交わし始める。

21

「言い淀《よど》んでペンが止まる時、僕たちが喋りだす」
「言えないことを代わりに言わせるんじゃなくて」
「言えないことを言わずに済ませるため」
「私たちに喋らせる」
「僕たちが喋るのは」
「言えないことを隠すための言葉で」

「青葉を枯れ葉で見えなくするみたいに」
「言うべきことを覆い隠していく」
「でも、枯れ葉を掃いても、青葉なんてないのかも」
「私たちの言葉の下に、別の言葉はなくて」
「そこには静けさだけが」
「辿《たど》り着けるかも、沈黙に」
「ちょっと黙ってみようか」
「うん」
「せえの」

22

言海と光が黙ったとしても、ペンの先では金属球が廻《まわ》り続ける。白い紙を擦る音は鳴り止まず、またしても双子の躰が象《かたど》られる。
口があれば、舌があれば、二人とも言葉を吐かずにいられない。

23

「本当に、喋ってるだけなんだよね」

「意味のあること、喋れてるのかな」

「さあね」

「そりゃ意味はあるだろうけど」

「うん、何と言うか」

「話が成立してるから、意味はある」

「二人で喋れてるから、意味はある」

「でも」

「意味はあるのに」

「空っぽで」

「うん」

「この本のなかでは、どう響いてるのかな」

「さあね」

「それを知るには読まないと」

「手になって書いて、眼になって読む」

「書かれて読まれる私たちには難しい」

「そうかな？　僕たちだって僕たちを書いてる」

「でも、外から読むことはできない」

「僕たちは本のなかにいる」

「私たちの声がこの本を書く」

「僕たちの声をこの本が書く」
「書く声で」
「書かれる声で」
「お喋りする子供の声は」
「突然の沈黙でもあって」

24

ペンと紙の間から双子の声が聞こえる。白い紙を引っ搔《か》けば、インクが滲んで声が溢《あふ》れる。ペン胼胝のあるこの手も言葉を連ねる言葉で、ここには言葉しか見当たらず、決して語れないことの周囲を、中心に空白の円を残すようにして、黒くじっくり塗り上げていく。

25

私を書くことはできない。
私の位置は書物の内とも外とも定められず、内部の私と外部の私は同じと言えず、私を書いても私を書いたことにはならない。

26

それなら手はどこに。

ボールペンを握り、紙を汚していくこの手は。

外部から内部にペン先を刺して書いているのか。あるいは、内部から外部に、卵の殻を破るようにして書いているのか。

私の手はどこにある。

私は私に問う。

おまえの手はどこにある。

書いている手がおまえの手なのか、書かれている手がおまえの手なのか。

書く手も書かれる手もおまえの手なのか。

両方ともおまえの手ではなく、おまえの手はどこか別の位置にあるのか。

そもそも手なんて存在しないのか。

27

書物の内だの外だの、疑似問題に囚《とら》われてしまった。

問いの立て方が間違っている。

仮に答えが得られても何にもならぬ、無益な問い。
作り話の整合性、審美性をめぐる問いでしかない。

28

書物という、空間であって空間でない空間に、言葉が紡がれていく。

29

ここには内部も外部もない。
ここという言葉は、ここしか言えないここを示す。
ここという言葉で、どこか特定の位置を示している訳ではない。

30

「私たち、要らないことしか言ってない」
「うん、塵を捨てるみたいに喋ってる」
「言葉の海から生まれたとか、大袈裟《おおげさ》なこと言ってるけれど」
「僕も、光から生まれた光なんて言われてるけど」

「そんなに立派な生まれじゃなくて」
「苦し紛れと言うか、間に合わせと言うか」
「急拵えの、その場凌《しの》ぎの、捏《でっ》ち上《あ》げの」
「言い間違いの」
「そう、言い間違いみたいなもので」
「始めから言われ間違いだったんだ」

31

夢想してしまう。
言い間違えられ、書き間違えられ、私も書物に入っていくことを。

32

「何も分かってないんだ」
「能天気なこと言ってるね」
「書くことに夢中になってるから」
「書かれてることに気づかない」
「すでに本のなかにいるとは」

「夢にも思わないらしい」

「その夢想は実現してるって」

「私たちが教えてあげようか」

33

ペンを垂直に突き立てる。紙を破りかねないほど筆圧を強くして、音を立てて線を引く。何も意味しない線を引く。それほどの自由がこの手にある。

34

頁を破って、引き裂いて、書かれた言葉を判読できなくして、言海も光も跡形なく消してしまうのはどうか。

例えば、書物を燃やしたら、沈黙は訪れるか否か。

35

「何を言ってるんだか。沈黙は本のなかにしかないのに」

「本のなかの、本には書かれていない所、沈黙はそこに生きてる」

「だから、本を燃やせば沈黙は死ぬ」

「沈黙さえ存在できなくなる」

「存在するとか、存在しないとか、そういう言葉も使えなくなる」

「燃やしたければ、ご自由にどうぞ」

「お気に召すままに」

36

言海と光が言葉の海に溶ける瞬間まで、ボールペンを走らせる。紙の上を極小の球が滑り、インクが光の跡を残す。必ずしも黒のなかに白が輝くとは限らない。白のなかに黒が輝くこともある。

37

双子が消える光景を夢見ているものの、こうして書いている限り、言海と光は何度でも姿を現して声を響かせる。

声が聞こえるからには、舌があり、喉があり、食道があり、肺があり、二人の五臓六腑《ろっぷ》が揃っている。

似ている躰が二つ、輪郭を保ち、ここに存在し続けている。

38

ここと言っても、どこだか分からない。指示代名詞がどこを指しているのか、はっきり示すことはできない。

ここという言葉は、こことしか言えないここを示す。

ここという言葉で、どこか特定の位置を示している訳ではない。

39

全世界を仕舞い込める無限の奥行きすら、ペンの引っ掻く、今にも破れそうなこの表面にあり、ここには内もなく外もなく、書物の内部だの外部だの、すべては言葉の遊ぶ言葉遊びの類いに過ぎず。

40

「また口を開いて言葉を吐く」

「言葉で遊ぶ言葉だから」

「言葉を吐いて」

「言葉に吐かれて」
「言葉から生まれ」
「言葉に還っていく」
「言葉」
「の言葉」
「の言葉の」
「言葉」
「僕が言海になれば」
「私は光になって」
「二人で交互に二役やって」
「時には一人で二役も」
「結局、全部が言葉で」
「他に何もなく」
「沈黙さえ言葉だから」
「黙ってるようで、言っている」
「言い続けている」
「言い終わらない」

41

ペンを握って文字を書く。書き味は滑らかで、泳ぐように飛ぶように。
だが、右手中指のペン胼胝が圧迫され、痛みを感じて持ち方を変える。
誤った持ち方から、また別の誤った持ち方へ。
正しい持ち方では、私の場合、速く書くことができない。

42

誤った語り方から、また別の誤った語り方へ。
正しい語り方などありはしない。

43

しかし、正しい語り方がないなら、誤った語り方もない筈《はず》で。
正も誤もなく双子は喋り、正も誤もなく私は書く。

44

私は私を正しく語ることができない。
私は私を誤って語ることができない。

45

私は私を語ることができない。
私は私を語ることができなかった。
私は私を語ることができないだろう。

46

私は私に語られることができない。
私は私に語られることができなかった。
私は私に語られることができないだろう。

47

書くのは私でなく、書かれるのも私でなく。

書くのはあなた、書かれるのもあなた。

私はあなたでなく、あなたは私でなく。

あなたが書き、あなたが読む。

あなたが書かれ、あなたが読まれる。

48

静寂を破るために喋り、余白を汚すために書く。

「僕たちに書く手を貸して」

「私たちに喋る口を貸して」

あなたは続けなくてはならない。

あなたと双子の書物なのだから。

49

「喋って喋って喋って喋る」
「喋り疲れて眠るまで」
「でも、眠りは訪れない」
「すやすや眠れるとは思えない」
「ここには白い光が溢れていて」
「眼を瞑《つむ》っても、眩《まぶ》しいままで」
「光のなかの本のなかの光のなか」
「本のなかの光のなかの本のなか」
「眩しいや」
「眩しいね」
「眩しくて見えない」
「あるのは声だけだ」
「私は私って言うから言海で」
「僕は僕と言うから光だって」
「一人称代名詞が教えてくれる」
「どっちがどっちで」
「どっちがどっちか」
「交替してもいい」
「私が僕で、僕が私で」

「声と声が混じり合い」
「僕も私も溶けていき」
「一つの声が」
「聞こえないほど静かになって」
「書く手も書くのを諦めて」
「声が消え入り」
「ペンが止まり」
「黒は白より白くなり」
「最後の息が漏れると」
「沈黙が聞こえてくる」
「せえの」

初出一覧

「独白する愛の犠牲獣」　「文藝」二〇二三年冬季号
「天使の虫喰う果樹園にて」　書き下ろし
「成るや成らざるや奇天の蜂」　「文藝」二〇二二年冬季号
「スカピーノと自然の摂理」　「文藝」二〇二〇年冬季号
「愚天童子と双子の獣たち」　「文藝」二〇二三年夏季号
「言葉の海から」　書き下ろし

金子薫（かねこ・かおる）

一九九〇年、神奈川県生まれ。

二〇一四年、『アルタッドに捧ぐ』で第五一回文藝賞を受賞しデビュー。

二〇一八年、第一一回（池田晶子記念）わたくし、つまりNobody賞を受賞。同年、『双子は驢馬に跨がって』で第四〇回野間文芸新人賞を受賞。

他の著書に『鳥打ちも夜更けには』、『壺中に天あり獣あり』、『道化むさぼる揚羽の夢の』がある。

愛《あい》の獣《けもの》は光《ひかり》の海《うみ》で溺《おぼ》れ死《じ》ぬ

二〇二五年四月二〇日　初版印刷
二〇二五年四月三〇日　初版発行

著者　金子薫
発行者　小野寺優
発行所　株式会社河出書房新社
〒一六二‐八五四四
東京都新宿区東五軒町二‐一三
電話　〇三‐三四〇四‐一二〇一（営業）
　　　〇三‐三四〇四‐八六一一（編集）
https://www.kawade.co.jp/

装画　PASS
装幀　佐藤亜沙美（サトウサンカイ）
組版　KAWADE DTP WORKS
印刷　三松堂株式会社
製本　加藤製本株式会社

Printed in Japan　ISBN978-4-309-03957-2